그립고
그립다

글·사진 | 허민희

도서출판 다담북

그립고 그립다

발행일 2016년 7월 20일 초판 인쇄

글/사진 허민희
발행인 최한호
출판사 다담북
디자인 s.i.r.u.
등 록 2012년 10월 16일 제 2012-000018호
주 소 인천시 부평구 부평동 부평문화로 115번길 54 미성 304
전 화 032)507-6509
팩 스 032)507-6505
E-mail chh6505@naver.com

ISBN 979-11-86354-14-8 03810
정 가 13,000원

그립고
그립다

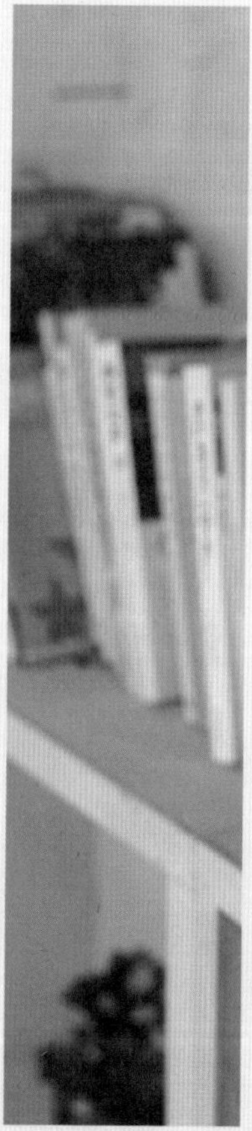

프롤로그

그저 사진이 좋아서 시작한 여행, 사진이 좋아서 시작한 사진 일기. 사진 한 장의 메시지와 글 한 줄의 힘을 믿는다.

언제부터인가 사진이 궁금했다. 어느 누군가에 대한 동경이었을 수도 있고, 일상에서 벗어나고 싶은 욕구였을 수도 있다. 사진을 알기 전엔, 크게 부족할 것 없는 생활에도 불구하고 난 늘 무언가에 목말라 있는 반쪽짜리 일상을 보내는 것 같았다. 그러다 우연히 사진에 관심을 가지게 되었고 그 매력에 지금까지 푹 빠져있다. 소심하고 겁 많은 내가 이런 생각지도 못한 취미를 가지게 될 것이라는 생각은 나조차도 전혀 하지 못했다. 하지만 도전하려고 마음먹고 6년을 훌쩍 넘길 시간 동안 포기하지 않고 사진에서 재미를 찾은 내가 가끔은 신기하다. 눈에 보이는 모든 것이 새롭게 보이고 작고 사소한 것, 늘 보던 것들까지 소중하게 느껴졌다. 하고 싶은 것이 생긴 것만으로도, 무언가에 몰두할 수 있는 것만으로도 신나고 즐거웠다. 사진에 빠진 동안만큼은 새로운 세계에 있는 것 같은 행복감이 들었다. 그렇게 사진은 내게 사치

가 아니라 한쪽 다리를 받쳐주이 삶의 균형을 잡게 해주는 목발 같은 것이었다.

여유도 용기도 체력도 안 되는 내가, 그래서 여행에 빠질 것이라고는 생각도 못했던 내가 여행을 좋아하게 된 것도 모두 사진 덕분이었다. 오래 걷거나 돌아다니면 쉽게 피곤해하기 때문에 예전엔 많이 다니지도 못하고 편하게 쉬는 여행을 좋아했었다. 그런데 지금은 어깨가 빠질 것 같은 무거운 카메라를 들고도 하루 종일 돌아다닐 수 있고 또 무엇이든 많이 보고 담으려 한다. 사진으로 남기면 그 아름답던 순간과 기억하고 싶은 장면, 남기고 싶은 추억들을 오래 간직할 수 있다는 것도 새삼 다시 느끼게 되었다. 종이 한 장으로 남는 것에 불과하지만 그 순간들이 모두 소중하기에 행복하지 않을 수 없었다. 여행을 하면서 보는 낯선 것들은 즐거운 호기심이 되었고 어색함은 새로운 자극이 되었으며 생소한 환경은 의미 있는 경험이 되어갔다.

그렇게 일상에서, 그리고 여행에서 얻은 사진들을 골라 짧은 글과 함께 가까이에 있는 사람들에게 소개해왔다. 사진이라는 매개체 하나로 사람들과 함께 소통하고 공감하는 일이 사진을 담는 일 만큼 행복한 일이었다. 빛이 사진을 만드는 것이라면 글은 사진에 생명을 불어넣는 것일지도 모른다는 생각이 들었다. 한 장의 사진에 여러 가지 의미를 담고 함께 이야기하며 공감하는 것은 사진을 담는 것과는 또 다른 즐거움이다. SNS를 통해서도, 엽서나 포토북으로 선물하면서도, 아이들에게 그들의 모습이 담긴 생일 엽서를 만들어주면서도, 보여주고 만들어주는 기쁨이 더 컸다. 꼭 내가 가진 이야기가 아니더라도 보는 이들의 추억과 경험과 이야기들이 입혀지길 바란다. 그 사진과 이야기로 인해 살아가면서 위로가 되고 재미가 되고 기쁨이 될 수 있다면 더할 나위 없이 좋은 일이라 생각한다.

사진 한 장의 메시지와 글 한 줄의 힘을 믿는다.
그 두 가지가 만났을 때 주는 힐링의 힘을 믿고 싶다.

_2014.12.23. 캄보디아 시엠

_2016.04.05. 금오산

contents

contents

가까이에 있어야 알 수 있다.
다가가야 보인다.
필요해야 찾을 수 있고
간절해야 얻을 수 있다.

소중한 건 나도 모르는 사이
이미 가까이에 와있다.

1 ...

내 가까이의 너에게

.02.01. 순천 드라마촬영장

무대 뒤 같은 일상

가쁜 숨을 몰아가며
분주히 무대를 준비하는 무대 뒤편.
아무도 관심 갖지 않아도
그저 묵묵히
제 할 일을 바삐 하는 사람들이 모여 있는 곳.
그 무대 뒤 같은 공간에 늘 내가 있는 것 같은 일상.

일상이 소중한 건
그런 무대 뒤의 사람들이 있어야
무대 위 사람들도 빛날 수 있기 때문이다.

그 무대 뒤 같은 공간에 늘 내가 있는 것 같은 일상

_2014. 05. 10. y스튜디오

꽃이 가장 아름다울 땐

꽃을 선물 받아본 것이 언제인지 모르겠다.
어릴 땐 장미가 백송이 쯤 들어있는
풍성한 꽃다발을 받아보는 게 소원이었고,
커서는 엄마처럼 집에서 키우는 화분에
꽃을 피워보는 게 소원이었다.
하지만 둘 다 나와는 거리가 좀 먼 이야기였다.

얼마 전 매일 보는 화단에 장미가 활짝 피었다.
오후 햇살을 받은 아름다운 장미를 한참동안이나 바라보았다.
그때 생각했다.
꽃이 가장 아름다울 땐
금방 시들어버릴 꽃다발 속에 있을 때도 아니고
마음껏 뿌리를 뻗지 못하는 화분 속에 있을 때도 아니다.
꽃은 그저 너른 땅에 뿌리내리고
비와 햇살을 흠뻑 머금고 있을 때,
그렇게 거칠고 자유롭게 살아 숨 쉴 때 가장 아름답다.

_2014.05.22. 구미 원호

내 곁으로 온 것이 다행일 수 있도록

아끼는 물건이 있다.
아까워서 꺼내 만지기도 망설여지는 물건.
그래서 너무 깊숙이 넣어두어
가끔은 거기 있는 것조차 까맣게 잊고 있는 물건이 있다.

그러나 그 물건도 가끔씩은,
아니 자주 아끼고 사랑해주어야 하지 않을까?
그렇지 않으면 쉽사리 꺼내 쓰는 흔한 물건 신세보다
더 나을 것이 무엇인가?

아마 그들도 그렇게 서랍이나 액자 속에, 장식장에,
기약 없이 가둬져 있기를 원하지는 않을 것이다.

오늘은 아끼는 방석에 앉아 아끼는 찻잔에 차를 마시며
아끼는 책갈피를 꽂고 아끼던 책을 읽어야겠다.
그리고 아끼던 사진들도 다시 꺼내 봐야겠다.
내 곁으로 온 것이 다행일 수 있도록.

_2015.01.18. 블루닷, 2014.05.10. y스튜디오

_2012.12.03. 구미 문

화려하진 않지만

사진이 고픈 날들,
뚜벅뚜벅 동네 길을 산책하며 소소한 풍경들을 담는다.
그러다 가끔 화려하진 않지만
내 눈과 맘을 단숨에 사로잡는 풍경을 만난다.
그럴 때 나는 여느 멋진 출사지에서 얻은 사진들에게서
보다 더 큰 감동을 느낀다.

무심코 시나치는 동네 풍경도, 평범한 내 주변도,
알고 보면 이런 아름다운 모습들을 숨기고 있다.
화려한 스포트라이트를 받지 않는
나도, 당신도,
보통사람 모두 멋진 모습을 숨기고 있듯이.

_2013.10.19. 충북 옥

_2014.03.15. 대구 김광석 다시 그리기 길

굳이 설명하지 않아도

처음, 사진이라는 같은 취미를 가진 사람들을 만났을 때이다. 직장에서 알게 된 동생은 내가 사진을 좋아하는 것을 알고는 무척 반가워했다. 그러면서 자신이 활동하는 사진 동호회를 소개해주었다. 그 전까진 혼자 공부하고 혼자 담고 혼자 사진책을 만드는 일에 익숙해져 있던 나였다. 아니 사실은 정말 내가 잘하고 있는 것인지 내가 좋아하는 사진들이 남들도 좋아할 만한 것인지, 다른 사람들은 어떤 사진들을 찍는지 궁금해서 못 견딜 만큼 혼자인 것에 많이 지쳐있었다. 때문에 동생의 제안이 정말이지 너무나 반가웠다.

떨리는 가슴을 안고 첫 정기모임을 가게 되었다. 가족과 함께 있어도, 혼자 있어도, 카메라를 들어야 할 때는 항상 주변의 눈치를 보곤 했었다. 혹 다른 사람들에게 불편을 주지나 않을까 하는 생각에서였다. 또 사진에 관심이 없는 사람과 있을 때는 사진의 매력이 무엇인지, 왜 사진을 좋아하고 어떤 사진을 좋아하는지, 구구절절 설명해야 할 때도 많았다. 그렇게 수년을 담아왔었는데 이날 만난 동호회 사람들과는 그런 내 모습을 전혀 찾아볼 수 없었다. 너 나 할 것 없이 이야기는 자연스레 사진에 관한 것이었고 틈만 나면 주위의 모든 것을 피사체로 만들었으며 찍고 찍히는 것이 굳이 설명하지 않아도, 눈치 보지 않아도 되는 너무나 당연한 것이었다. 애써 이해시키려하지 않아도 내 행동과 내 마음을 이해할 수 있는 사람들과 함께한다는 것은 든든한 내편이 생기는 것과 같은 기분이었다.

무언가를 함께하는 것은 전에 없던 즐거움이 솟아나는 것이고 끊임없이 움직일 수 있는 열정이 생기는 일이었다. 바로 여기가 내가 있어야 할 곳이구나 싶었다.

_2013.05.19. 구미 임은동 한 카페

흔들릴수록

빛나는 것은 아름답다.
힘들이지 않고도 빛을 낼 수 있다면 좋겠지만
알고 보면 빛의 가장 근원인 태양조차
쉴 새 없이 흔들리듯 온 몸을 불태우며 빛을 뿜고 있다.

흔들림은 생명이 가진 빛을 더 찬란히 빛나게 한다.
흔들림은 움직임의 결과이며
움직임은 살아있음의 증거이다.

사람이 살아가면서 쉴 새 없이 흔들리는 것도
살아있음을 증명하기 위한 것이다.
끊임없는 흔들림과 고뇌하는 움직임이
사람의 삶을 더욱 빛나게 한다.

_ 2013.07.26. 구미 송정동

따뜻한 마음 하나

이제껏 열심히 살아온 보람도 없고
내 주위를 둘러싼 모든 것이 거짓처럼 느껴지고,
오늘 하루 이 세상이 너무 삭막하게 느껴질 때면
달콤한 향기 스며있는 꽃 한 송이가 그립다.
따뜻한 온기 느낄 수 있는 사람냄새가 그립다.

꽃 한 송이, 사람냄새 그리워하기 전에
내가 먼저 누군가에게 달콤함이 되어주어야겠지.
내가 먼저 누군가에게 따뜻함이 되어주어야겠지.

그 마음 하나 받은 기억 안고 사는 것이
얼마나 큰 재산인지 잊어버리기 전에.

_2013.08.11. 산동참생태숲

영원할 수 없기에

항상 준비해야 해
그 무엇도 영원할 수 없기에.

영원할 것 같던 어린 시절이 끝나버린 것이 그렇고,
한때 둘도 없던 친구가 이젠 연락도 닿지 않는 남이 된 것이 그렇고,
열렬히 사랑했던 사람마저 차가운 얼음이 되어 떠나가기도 한다.

이 사실들이 삶을 슬프게 할 수도 있지만
어쩌면 매순간 내가 가진 것들과 내 곁에 있는 사람,
나를 생각해주는 사람들이 얼마나 소중한지도 알게 해준다.
영원할 수 없다는 것은 삶을 더 사랑하고 소중히 여길 수 있게 한다.

영원할 수 없다는 것은 삶을 더 사랑하고 소중히 여길 수 있게 한다

_ 2015.03.07. 아산 외암마을

오늘의 나처럼

세 번의 예약 취소 끝에 겨우 가게 된 일본 여행이었다. 첫날 오후 무렵 한적한 해변 가 콘도에 머물면서 가족이 물놀이 간 사이 나는 해질녘 풍경만을 기다리고 있었다. 빽빽한 일정에도 불구하고 딱히 흥밋거리를 찾지 못하던 나는 실은 하루 종일 그 순간만을 기다리고 있었다. 오키나와 해변의 해질녘 풍경은 어떨까 기대하면서 말이다. 드디어 주섬주섬 카메라를 챙겨들고 해변 쪽으로 걸어가고 있는데 아래쪽에서 관리인으로 보이는 한 여성이 올라오고 있었다. 나를 보며 다가온 그 여성은 문을 잠궈야 할 시간이어서 해변으로 가지 못한다는 이야기를 내게 했다. 아, 이렇게 넓고 넓은 해변을 마음대로 구경할 수 없다니, 수영을 하겠다는 것도 아니고 우리나라에서는 상상할 수 없는 일이었다. 그때 그 기분은 마치 1시간 넘게 저녁을 먹기 위해 유명한 식당 앞에서 기다리다가 내 차례가 되었는데 재료가 동나 그날은 더 이상 음식을 팔 수 없다는 주인아주머니의 이야기를 듣는 것과 같은 상황이었다.

아쉬움과 허무함으로 한숨을 내뱉으며 몇 걸음 안내려간 길을 다시 올라오는 동안 나는 하루 종일 스쳐갔던 맥주 공장의 모습, 오키나와 시내의 평범한 거리, 돌고래 쇼 등 그날 하루 아주 특별할 것 같았지만 특별해 보이지 않던 오키나와의 풍경들을 생각했다. 단 하나의 목표를 위해 난 그 사이 너무 많은 소중하고 소소한 풍경들을 지나치고 있었던 것이다. 마치 매일 매일의 작은 행복을 누리지 못하고 10년 후엔 꼭 부자가 되어 여행도 하고 여유로운 삶을 살겠다고 다짐하는 어리석은 사람처럼 말이다.

10년 후, 20년 후의 삶은 아무도 알지 못한다. 물론 예상하고 꿈을 꿀 수는 있지만 그렇다고 그 알 수 없는 미래의 행복을 위해 매일 매일의 평범한 행복을 포기하고 산다면 그것만큼 인생을 무모하게 사는 것이 또 있을까? 아마도 그 시간이 지난 후에도 크게 달라지지 않은 인생을 살게 된다면 '내가 정말 헛살았구나!' 하는 생각이 들지도 모를 일이다. 여행 첫날을 허무하게 보낸 오늘의 나처럼.

_2015.08.03. 일본 오키나와

욕심부터 버려야 해

시린 겨울을 견디느라
톱니처럼 잔뜩 날이 선 나뭇가지.

그러나 해를 사랑하는 둥근 잎을 가득 달고는
그 길고 찬 겨울을 견딜 수 없어.
욕심부터 버려야해.
더 가늘게, 더 단단하게.

그렇게 오랜 시간
시린 바람을 견뎌낸 나무만이
나이테라는 선명한 훈장을 얻을 수 있어.
더 단단하게 이듬해 겨울을 날 수 있는 것이지.

2012.01.17. 영남대학교

숨어 있는 행복

교실 창가로 따뜻한 햇살이 내리쬐었다.
아이들과 평소처럼 공부를 하고 있었다.
'시를 읽고 감동적인 부분을 찾아봅시다.'

그런데 굳이 어렵게 찾으려하지 않아도
따스한 햇살이 창가로 내려앉고,
사랑스런 아이들이 내 앞에 앉아있고,
동심 가득한 시를 읽는 그 순간이
그냥 가슴 벅찰 때가 있다.
일상에 숨어있던 행복이 고개내밀 때다.

아이들이 내 웃음 따라 씨익 미소 짓는다.

_ 2014. 02. 22. 군위 산성중학교(폐교 박물관)

가끔은 뒤를 돌아보자

아무리 사는 일이 바쁘더라도,
앞만 보고 가기에도 부족한 시간이지만
가끔은 뒤를 돌아보자.

내가 잘 가고 있는지.
혹시 혼자는 아닌지.

아무리 서둘러 간들
진정 소중한 것을 놓치고 있다면,
내 삶을 사랑할 여유가 없다면
무슨 소용이겠는가?

그저 허무하게 돌아가는
쳇바퀴일 뿐인 것을.

평범한 고백

어느 유행가 가사처럼 어렸을 적부터 우리 집은 가난했었다. 그리고 나는 그리 뛰어난 외모도 아니고, 뛰어나게 건강하지도 않았으며 뛰어나게 머리가 좋지도, 뛰어나게 잘하는 것은 하나도 없는 아주 평범한 아이였다. 대다수의 보통 아이들이 그렇겠지만 솔직히 얘기하면 나의 그런 점이 크는 동안 늘 불만이었다. 그 반대의 경우가 참 부러웠기 때문이다.

하지만 이제는 조금 달라진 것 같다. 어중간한 나의 그런 점들을 받아들였다고 하는 것이 맞겠다. 뛰어난 외모가 아니어서 가꾸는 노력을 게을리하지 않고 건강한 편이 아니니 미리미리 건강을 챙기는 버릇이 있다. 또 머리가 그다지 좋지 않으니 남들보다 공부나 일에 시간과 노력을 더 들여야 한다는 것도 알고 있으며 뛰어나게 잘하는 것이 없으니 나의 작은 재능이라도 놓치지 않으려 했던 것 같다. 특히 우리 집이 가난하다는 사실은 나를 누구에게도 기대지 않고 스스로 일어서게 하는 힘을 길러주었다. 그래서 이제는 내가 평범하게 태어난 것이 참 다행이라는 생각이 든다.

무엇이든 노력해서 조금씩 알아가고 또 조금씩 더 나아지는 삶이 그렇지 않은 삶보다 더 가치 있다는 것을 그런 평범함이 가르쳐준 것 같다. 가난한 시골가정에서 4남매를 키우시며 작은 것에도 감사할 줄 아는 사람이 되라고 가르치신 부모님께 정말 감사하다는 말씀을 드려야겠다.

기회를 놓치지 않는다는 것은

기회를 놓치지 않는다는 것은
해보고 싶은 일에 도전하는 것
떠날 수 있을 때 떠나는 것
내 도움이 간절한 이에게 손 내미는 것
더 늦기 전에 사랑한다고 말하는 것

그리고
깔끔히 비질하기 전
낙엽 쌓인 뒤뜰과 마주하는 것

기회를 놓치지 않는다는 것은 **더 늦기 전에 사랑한다고** 말하는 것

_2013.10.24. 구미 원평동

소곤소곤

작고 사소하지만
제자리에서 빛나는 것들.
그것에 집중하는 버릇이 있다.

한 발짝 더 다가가 자꾸만 들여다본다.
분명 들려온다.
나를 부르는 소리가.

_2014.09.14. 아미미술관

깍지 않은 파인애플

마음속에 사랑을 가득 담고 있어도
표현하지 않으면 사랑으로 태어나지 않는다.

마음속에 꿈을 가득 품고 있어도
실행하지 않으면 내 것이 되지 않는다.

표현하지 않는 마음은
실행하시 않는 꿈은
깍지 않은 파인애플과 같다.

딱딱하고 뾰족한 두꺼운 껍질 안에
말랑하고 달콤한 과육이 들어 있는지는
까서 먹어보지 않고는 모르는 것이다.

_ 2015.05.23. 울산대공원 장미정원

색다름이란

색다름이란
독특함의 다른 이름
신선함의 다른 이름
예상하지 못함의 다른 이름
이끌림의 다른 이름
아름다움의 다른 이름

동경의 다른 이름

뻔한 피사체를
뻔하지 않게 담는 눈을 가지고 싶다.

간절함의 차이

나는 오른손 셋째 손가락과 넷째 손가락 사이의 무언가가 짧은 것이 분명하다. 손으로 숫자를 셀 때 엄지손가락부터 하나씩 접어가다 보면 그 두 손가락은 따로 접히지 않고 거의 동시에 접히니 말이다. 어릴 땐 이것이 무슨 장애쯤 되는 것처럼 너무 부끄러워 남들 앞에서는 손가락으로 숫자도 잘 세지 못했다.

그런 내가 어릴 때부터 음악과 노래에 관심이 많아 악기하나쯤 정말 멋지게 다루고 싶었다. 그래서 어려운 가정형편에도 초등학교 때는 부모님을 졸라 피아노를 배웠었고, 대학 때는 통기타 동아리에도 들어갔었다. 그러나 피아노도, 기타도 생각만큼 늘지 않았다. 왼손은 그나마 숫자세기가 가능했지만 새끼손가락을 포함해 손가락에 힘이 너무 없는 것도 기타연주에는 불리하다고 생각했다. 그렇게 피아노도 기타도 큰 성과 없이 초보 수준으로 손을 놓게 된 것을 내 손가락 때문이라고 그땐 믿고 싶었다.

시간이 많이 흘러 이젠 악기를 배우기엔 너무 늦은 나이일지도 모른다는 생각에도 불구하고 음악과 함께하고 싶은 마음은 더 커져갔다. 이제라도 다시 배워보자 싶어 몇 달 전부터 기타를 잡기 시작했다. 이번엔 쉽게 포기하고 싶지 않았다. 네 손가락밖에 없는 어린 피아니스트도 떠올렸고, 발로 기타를 치는 사람의 영상도 떠올렸다. 멀쩡하게 있는 손가락으로 못할 게 없다고 생각했다. 그런 생각으로 포기하지 않았더니 그땐 불가

능 할 것이라 생각했던 어려운 코드 연주도 점점 편해지기 시작했다.

드디어 해냈다는 보람과 함께 어릴 적 열심히 하지 않은 것에 대한 후회가 몰려왔다. 그땐 왜 그렇게 쉽게 포기했을까? 그때와 지금의 내가 다른 것이 있다면 손가락도, 환경도 아니라 할 수 있다는 믿음과 지금이 아니면 안된다는 간절함의 차이이다.

이런 일들을 계기로 이젠 무슨 일이든 핑계를 찾지 않고 나를 좀 더 믿어보려고 한다. 포기하지 않는 노력과 절실한 마음은 사람을 더 강하게 만들어 준다고 믿기 때문이다.

_2015.10.04. y스튜디오

모든 보임은 관심에서 오는 것

모든 보임은 관심에서 오는 것이고
모든 보이지 않음은 무관심에서 오는 것이다.

관심이 없다면 눈을 뜨고 있어도
눈을 감고 있는 것과 마찬가지이고
관심이 있다면 눈을 감고 있어도
눈으로 보지 못하는 것까지 느낄 수 있는 것이다.

사진을 통해서, 여행을 통해서, 사랑을 통해서,
이 세상 더 많은 소중한 것들을 볼 수 있는 사람,
따뜻한 관심을 채워가는 사람이고 싶다.

이 세상 더 많은 소중한 것들을 볼 수 있는 사람
따뜻한 관심을 채워가는 사람이고 싶다

_ 2011. 12. 12. 구미 형곡 카페 '메이', 2014. 12. 07. 카페 '하루역'

바람처럼

잡히지 않는다고
보이지 않는다고
아무 것도 아닌 것은 아니다.

저 너른 들판에 꽃씨를 나르는 것도
잠이든 아기의 볼을 쓰다듬는 것도
열심히 일한 이의 땀 한줄기를 식히는 것도
모두 잡히지도 보이지도 않는
바람이 하는 일이다.

눈에 띄지 않아도 부지런히 움직이고
알아주지 않아도 꼭 필요한 일을 하는 바람처럼
그렇게 묵묵히 살아가는 삶이
가장 아름다운 삶이 아닐까?

_ 2013. 12. 15. 합천댐 주변

가장 가까이의 너에게

더 잘해야지 하는 순간에
또 상처 주는, 상처받는
나를 발견하곤 한다.
내일은 안 그래야지
나를 잃지는 말아야지.

지나친 의욕은 해가 되고
단시간에 달라지는 것은 아무 것도 없을 것인데
늘 이렇게 어리석고 급한 내 모습이다.

_ 2013. 05. 19. 구미 임은동

그들에게 일은

난생처음 물소 트래킹이라는 것을 하게 된 그날, 물소를 끄는 한 아이를 만났다. 일을 하기에는 너무 어린 나이가 아닌가 하는 생각에 살짝 미안한 마음이 들었지만 그 아이는 시종일관 부끄러운 듯 밝은 웃음으로 우리를 반기는 듯 했다. 그래서 우리도 조금은 편안해진 맘으로 물소가 끄는 수레를 타고 그곳 시골마을을 한 바퀴 돌게 되었다. 덜커덩거리며 커다란 바퀴로 굴러가는 수레는 어릴 적 오빠가 끌어주던 수레처럼 재미났고 물소를 아끼는 듯한 그 아이의 뒷모습을 보는 것도 가슴 따뜻한 추억으로 남을 듯 했다.

그런데 트래킹이 끝나갈 즈음 갑자기 함께 타고 있던 룸메이트가 속이 좋지 않다고 했다. 그녀는 임산부였고, 덜컹거리는 수레 때문에 속이 안 좋았던 것이다. 그녀를 따라 덩달아 나도 수레에서 내려야했던 그 순간, 나는 왜 그 아이가 맘에 걸렸을까? 우리가 수레에 타는 순간부터 쭉 해맑게 웃던 아이는 아니나 다를까 우리가 내리려 한 그 순간부터 마치 잡고 있던 풍선을 놓친 아이처럼 당황하고 실망한 표정이었다. 타기 싫어서가 아닌데, 수레가 나빠서가 아닌데, 말이 통할 리 없겠지만 손짓으로든 발짓으로든 무슨 말이라도 나는 해야 했다. 그녀가 임산부여서라고. 하지만 알아들었는지 못 알아들었는지 그 아이의 표정은 별로 나아지지 않았다.

너무나도 가난한 나라에 사는 그들에게 일이란 어떤 것일까? 일은 그들에게 절로 미소가 새어나오게 하는 것이고 그 자체만으로 즐거움일지도 모른다. 제 일을 다 하지 못 했다 느낄 때 그 아이의 표정이 그에게 일의 의미가 어떤 것인지를 말해주는 것 같았다. 모르긴 해도 그들에게 일은 우리가 알고 있는 일과는 분명 그 의미가 다른 것 같다.

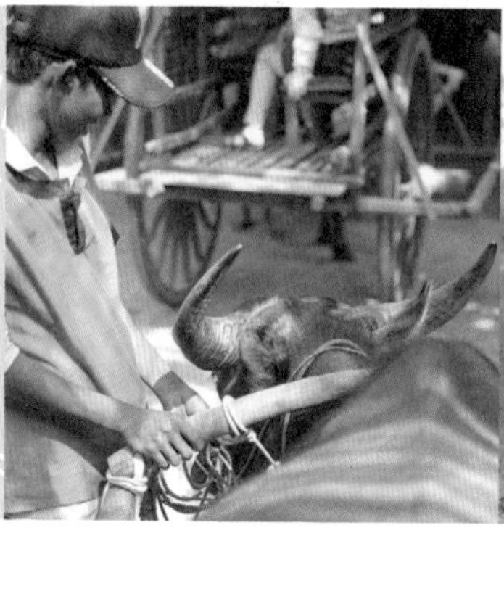

_ 2014. 12. 23. 캄보디아 시엠립

일상에서 행복을 찾지 못하면 그 행복은 언제나 미래에 있는 것이다

_ 2014.04.12. 통영 동피랑 벽화마을

오늘의 만족

그래 그냥
이 정도의 여유
이 정도의 편안함
욕심을 버리면 한없이 행복하다.

일상에서 행복을 찾지 못하면
그 행복은 언제나 미래에 있는 것이다.

뒷모습

사람의 뒷모습은
생각보다 많은 것을 담고 있다.
때론 앞모습 보다 더 진실한 모습을 보여주기도 한다.

웃는 눈빛으로, 화내는 얼굴로, 과장된 제스처로
앞모습으로는 숨길 수 있던 본래의 모습을
뒷모습은 감추지 못한다.

뒷모습을 통해서도
그 사람의 많은 것을 볼 수 있다는 사실에
이제는 고개가 끄덕여진다.

아파트와 나무

아파트 화단에선 나무도 아파트를 닮아간다.
싹둑싹둑 반듯반듯
꿈을 채 펼쳐보지도 못하고 잘려져 버린 나무.

나무의 굴곡진 삶을 보여주듯이
그렇게 잘려진 가지들은
뭉툭뭉툭 보기 흉한 흉터로 남아있다.

하지만 이듬해 봄이 되면
다시 나무는 가늘고 긴 가지를 뻗어 올린다.
또 다른 희망을 가지고 해를 향해 뻗어나간다.
절대 포기하는 법이 없다.
그런 강한 생명력은 어디에서 오는 것일까?
깊고 깊은 뿌리에서 오는 것일까?
아니면 시련을 견디면서 더 강해지는 것일까?
이제 다시는 그 희망이 잘려지지 않았으면 좋겠다.
그 가지들이 누군가에겐 희망이 될지도 모르니까.

_ 2013. 10. 27. 괴산 문광 저수지

_ 2014.09.10. 금오산 자연환경 연수원

처음 손 내밀어준 이

한 번도 누군가의 부탁을 받고 사진을 찍어 준 일이 없었다. 그런데 얼마 전 오랫동안 인연이 닿은 지인께서 책을 내시는데 필요한 저자 사진을 부탁하셨다. 평소의 나였다면 제대로 담아 드리지 못하면 어쩌나 하는 부담스러움에 거절했겠지만 그 분에게만은 달랐다. 그 분이 제게 주신 마음들을 생각하면 그건 정말 아주 작은 일에 불과했다.

그 분과의 인연은 사진을 막 시작했을 무렵인 몇 년 전으로 거슬러 올라간다. 육아로 일을 쉬고 있었지만 가족 여행을 제외하고는 여행도 잘 다니질 못할 때, 그때는 종종 동네 사진을 찍으며 사진을 연습하곤 했었다. 그 당시 나의 유일한 모델이었던 아이는 유치원을 다니고 있었는데 인자하시고 맑은 미소를 가지신 그 분을 아이의 스승님으로 처음 알게 되었다. 수동카메라를 접고 디카에 재미를 느껴가고 있을 즈음, 사진을 종이책으로 남기고 싶어서 포토북을 만들어 보기도 했는데 그것을 그 분께서 보시게 되었다. 포토북을 선물해드린 그날 밤, 그것을 읽으시며 눈시울이 붉어졌다고 하셨다. 지금 생각하면 너무나 부끄러운 실력에 얼굴을 들 수가 없는데 사진이 정말 좋다는 진심어린 말씀도 해주셨다. 내가 좋아서 하는 일에 남들도 그리 생각해줄까 늘 의문이었던 내게 그 말씀들은 정말로 큰 용기가 되었다. 그리고 그 마음들을 증명이나 해주시듯이, 그 당시 찍은 동네 사진들로 유치원 행사에 작은 전시회도 꾸밀 수 있게 해주셨다. 아이들에게 우리 동네의 아름다운 모습을 보여주고 싶다고 하시면서. 그때 이후로 더 용기를 가지고 사진을 담을 수 있었던 것 같다. 단 한 사람이라도 내 사진에, 그리고 내 글에 마음이 움직인 사람이 있다면 그것으로 내겐 사진을 계속할 이유가 충분했다.

그런 인연을 뒤로하고 아이는 유치원을 졸업했고 그렇게 별 소식 없이 몇 년이 흘렀다. 그런데 몇 달 전 다시, 우연히 그 분을 마주치게 되었다. 여전히 맑은 눈빛의 그 분은 두 번째 동화책을 출간하셨다며 책을 선물해 주셨다. 그리고는 나에게

"또 멋진 포토북 만들고 계시죠?"

라고 기대에 찬 눈빛으로 말씀하셨다. 생각지도 못한 그 한마디. 그간 사람들과 여행을 다니며 찍은 사진들은 차곡차곡 정리만 된 채였고 조금은 사진이라는 것과 그리고 사람들에게 지쳐있는 상태였다. 아니 그대로였다면 사진을 그만두었을지도 모르겠다. 그런데 그 말씀 덕분에 잠시 주춤하고 있던 나는 또 한 번 사진에 빠질 수 있는 힘을 얻게 되었다. 항상 응원해주는 분이 계신다는 사실이 다시 내게 열정을 불어넣어 준 것이다. 그동안 사진을 담고 소개하며 함께 쓴 글들을 그때처럼 다시 모으고 싶어졌고 그렇게 또 한 번 무언가에 집중하는 나를 발견했다. 내가 의심하고 힘들어할 때마다 그 분은 그렇게 내게 알 수 없는 힘을 전해주는 분이셨다.

생각해보면 늘 자신감이 부족했던 내가 사진을 이렇게 오랜 시간 동안 놓지 않고 있는 것도, 그리고 나와는 전혀 상관없을 것 같던 글을 쓰고 있는 것도 모두 그 처음 내밀어주신 고마운 손 덕분일지도 모른다.

앙상한 나무 위 거대한 새집

너무 좋아하는 일이
동시에 나를 너무 힘들게 했다.
너무 좋아하는 그 일을 반쯤은 포기하고
반쯤은 포기 않고 돌아선 후
하루는 견딜만하고 하루는 견디기 어려운
그런 날들이 반복되었다.
조금 시원하지만 많이 그립고
조금 가벼워졌지만 많이 힘들어졌고
다시 끌어안기에는 그 가시가 두려운 날들.

지금 내게 필요한 시간은
그것을 잊기 위한 시간일까?
놓기 위한 시간일까?
다시 아프더라도 잡아야할까?
상처가 생기지 않을 만큼만 다가가야 할까?
이른 봄 앙상한 나무 위의 거대한 새집이
나의 고민만큼 위태로워 보인다.
약한 뼈대꼭대기에 너무 큰 짐을 올려놓고 있다.

하루는 견딜만하고 **하루는** 견디기 어려운
그런 날들이 반복되었다

_ 2012.12.16. 샛강 생태습지

시간 앞에 무력하지 않은 것을 본 적이 없다

시간 앞에 무력하지 않은 것을 본 적이 없다.
시시각각 변하는 계절과 들판과 산이 그러하고
어린 시절 멱감던 고향 마을의 냇물이 마른 것이 그러하고
으리으리하던 건물이 낡아 허물어지는 것도 그러하고
하나 둘 주름이 늘어나는 내 손등이 그러하고
꽃 한 송이 고이 꺾어 주던 너의 마음도 그러하다.

시간 앞에 무력하지 않은 유일한 것이 있다면 그건
세상만사는 나 몰라라 하고
언제나 힘차게 전진하는 시간뿐이다.

_2011.06.30. 샛강 생태습지

다시 찾은 평온

하늘이 무너져 내릴 것 같은 고통이 사라지고
주저앉아 눈물만 쏟아내던 날들도 떠나고
갈팡질팡 흔들리던 마음이 제자리를 찾고 나면
다시 평온이 찾아온다.

그러나 덜 아프다는 것은
완전히 치유되었다는 뜻은 아니다.
산다는 것은 계속되는 아픔 속에서
순간의 행복을 찾아가는 것,
찰나의 소중함을 알아가는 것.

_2014.09.14. 아미미술관

아주 쉬워요

A: 어떻게 하면 좋은 사람을 만나 사랑하며 살 수 있을까요?

B: 그건 아주 쉬워요.
그냥 누구에게나 아주 어려운 일이라고만 생각하면 돼요.

가끔 내 자신이 너무 싫을 때도 있잖아요.
그런데 어떻게 다른 사람을 사랑하는 일이 쉽겠어요?
그러니 아주 어렵다고만 생각해요.
그러면 아주 쉬워요.

어떻게 다른 사람을 사랑하는 일이 쉽겠어요?
그러니 아주 어렵다고만 생각해요
그러면 아주 쉬워요

_2014. 10. 12. 서울 가회동

내 곁에 마지막까지 남을 사람

어느 날,
좋은 글들을 자주 보내주시는 지인에게서
또 메시지가 왔다.

'내 곁에 마지막까지 남을 사람'

제목만으로도 가슴이 먹먹해 왔다.
갑자기 마음에서 한 가지 말이 맴돌았다.
미안해
미안해
미안해

얼마 전 지은 차가운 표정이 미안해.
그저께 보인 무관심이 미안해.
어제 했던 나쁜 말들도 미안해.

언젠간 미안해할 것이라 믿으며
기다려줘서 고마워.
내 곁에 있어줘서 고마워.

언젠간 미안해할 것이라 믿으며 기다려줘서 고마워
내 곁에 있어줘서 고마워

_2016.05.07. 제주 월정리

다시 가고 싶은 그곳, 그 자리.

그곳의 풍경과

그곳의 공기와

그곳의 이야기를 가슴에 담고

세상을 바라보고 싶다.

_2015.09.20. 함양 상림공원

2 . . .

기억하고 싶은 그 자리

새로운 눈

11년 전쯤, 일 때문에 잠시 살았던 곳, 문경.
도시를 갈망하던 그때,
그래서 아주 잠시만 머물고 싶었던 문경.
그곳에서도 제일 유명하여 자주 갈 수밖에 없었던 문경새재를
오랜만에 가게 되었다.
그때나 지금이나 별로 달라진 것이 없는 문경새재였지만
카메라를 들고 다시 간 그곳은 전혀 달라보였다.
문경새재의 단풍이 그리도 아름다웠나 새삼 다시 느끼고 온 날.
늘 가던 곳, 늘 보던 풍경도
다른 눈, 다른 마음으로 보면 전혀 새롭게 보인다.

_2013.11.03. 문경새재

항아리와 고무신

항아리와 고무신,
그리고 누렁이.
어릴 적 촌에서 늘 보던 풍경인데
이제는 왜 이리 낯선 것인지

내가 변해서인가?
세상이 변해서인가?

저들도 내가 낯설까?

_2012.06.09. 도리사

계절이 아름다운 건

붉디붉은 반짝이는 접시꽃을 향해
벌이 날아든다.
금계국 무리 사이로
보일락 말락 하루살이들의 날개 짓이
햇살에 부서진다.
이날 오후의 샛강은 여름을 느끼기에 충분했다.

계절이 아름다운 건,
살아있는 것들이 들려주는 이야기 때문이다.

_2013.08.26. 샛강 생태습지

그 낡고 오래됨이 따뜻하게 빛나는 보석처럼 느껴지는 건
새것과 편리함 그리고 빠름에 **익숙해진 우리들 마음** 때문이겠지

_2014.01.01. 군산 철길마을

따뜻하게 빛나는 보석

옛 풍경이 가득한 군산이라는 도시에는 사진사들에게 유명한 철길마을이 있다. 시내 한 복판에 기다랗게 늘어선 옛 철길을 따라 사람이 사는지 안 사는지 알 수 없는 집들이 양쪽으로 다닥다닥 붙어 있는 곳이다. 현대식 건물도 몇몇 있었지만 오래되었거나 판잣집이라 불리는 옛날 건물들도 많이 남아 있었다. 옹기종기 집 앞에 내놓은 옹기와 화분들, 연탄불에 구워먹는 옛날 과자를 파는 집, 그리고 이렇게 찾아온 사람들을 반기는 듯한 아기자기한 벽화들에서 사람의 손길도 느껴졌다. 기차는 오래전 발길을 끊은 철길. 그 길을 따라 한발 한발 내딛으며 잠시 몇 십 년 전으로 시간여행을 다녀왔다. 그러다 철길이 끝나면 다시 자동차들이 쌩쌩 달리는 지금 현재모습이 나타난다.

현재 속에 숨겨진 낡고 오래된 과거의 잔상들. 그 낡고 오래됨이 따뜻하게 빛나는 보석처럼 느껴지는 건, 새것과 편리함, 그리고 빠름에 익숙해진 우리들 마음 때문이겠지. 카메라로는 다 담을 수 없는 그날의 그 감정들이다.

찍는 것과 찍히는 것

사진을 찍는 것과 사진을 찍히는 것
어느 것이 더 용기가 필요할까?
둘 다 경험이 있는 사람이라면
당연히 찍히는 것이 더 용기가 필요하다고 생각할 것이다.
하지만 얼마나 용기가 필요한가를 보는 기준은
어느 것에 책임이 더 따르는가 하는 것이다.
당연히 책임감이 더 따르는 일에 더 많은 용기가 필요하다.

다른 이들의 행복을 위해
힘들더라도 자신의 행복한 얼굴이 있어야 하고
또 그 일이 곧 자신의 행복이 되는 일.
어마어마한 유적지와 그 앞에서 생업에 종사하는 모델들을 만난 그날,
이상하게도 나는 찍히는 것보다
찍는 것에 훨씬 더 많은 용기가 필요했다.
그들의 어떤 모습을 담아야할까?

_2014. 12. 22. 캄보디아 바이욘 사원

꿈을 꾸는 것인가

입이 벌어져 한동안 다물어지지 않을 만큼
정말 아름다운 풍경을 보면 이런 생각을 하게 된다.
'나는 정말 운이 좋은 사람이야.'
'세상은 참 아름다운 곳이야.'

꿈을 꾸는 것 같은 환상적인 풍경을 보고 있으면
이런 생각은 하지 않게 된다.
'여기가 어디이고 나는 누구인가?'
'내가 요즘 가장 고민하고 있는 것이 무엇인가?'

아름다운 풍경은
그렇게 답답한 생각은 모두 날려버리고 행복한 생각만 불러온다.
행복해지려면 자주 여행을 해야겠다.

_2015.01.24. 합천댐주변

아름다운 풍경은
그렇게 답답한 생각은 모두 날려버리고 행복한 생각만 불러온다

얼마큼 즐기느냐

배와 등대와 파도가
도화지 위에서 만났다.
먹구름이 와 색칠해주었다.

썩 좋은 날씨도 아니고
마음에 드는 사진도 거의 못 담았지만
좋아하는 일은 얼마나 잘하느냐 보다는
얼마큼 즐기느냐에 달린 것.

그날 아침 송대말 등대의 살아있는 풍경을
눈으로 담은 것만으로도
나는 정말 가슴 벅찼다.

_2014.01.05. 경주 송대말 등대

두 가지 모습의 배롱나무 꽃

자주 가는 생태습지 샛강에서 배롱나무 꽃을 처음 알게 되었다. 내가 정말 좋아하는 분홍색의 그 꽃은 작은 꽃들이 고깔모양의 봉오리로 만나 하늘을 향하고 있었다. 그 선명하고 고운 분홍색이 예뻐 어떻게든 눈으로 보는 것만큼 사진으로도 담기길 바라기도 했다. 한동안 눈에 아른거릴 만큼 좋던 그 꽃에 나는 마음을 빼앗겼고 나무의 이름과 유래, 서식지, 꽃이 피는 시기 등이 알고 싶어져 인터넷을 뒤지기도 했다. 이제와 알게 된 이 꽃 덕분에 내겐 행복한 기운이 감돌았다. 그래서 샛강에 들르면 꽃이 피는 계절엔 꽃을 구경하고 꽃이 피지 않는 계절엔

_2012.07.12. 샛강 생태습지

나무들이 잘 자라고 있나 살펴보기도 했다.

그런데 어느 날 고향에 갔다가 집으로 향하던 중 고속도로 입구에서 도로를 따라 서 있는 작은 나무들이 왠지 눈에 익어 차를 세웠다. 그 나무의 꽃들이 아무리 봐도 배롱나무 꽃과 닮은 것이었다. 분명 그 꽃이었다. 2~3주에 한 번씩은 가던 길이었는데 그 꽃이 배롱나무 꽃이라는 것을 이제야 알다니 정말 놀라지 않을 수 없었다. 그럴 수밖에 없는 것이 그 나무들은 키도 작은데다가 꽃은 듬성듬성 벌레에 먹힌 듯 했고 도로 위의 번지를 다 뒤십어써서 분홍색은 고사하고 회색빛에 가까웠기 때문이다. 장소에 따라 이렇게 다른 모습이라니. 분명 같은 꽃인데도 어디에서 어떻게 피느냐에 따라 전혀 다른 모습이었다. 인적이 드문 깨끗한 환경의 꽃은 건강한 모습과 아름다운 색을 뽐내며 자라고 있었고, 먼지와 매연이 가득한 길에서 피는 꽃은 아주 초라하고 볼품없는 모습이었다.

살아가는 환경이 중요하다는 사실을 또 한 번 느낀 순간이었다. 나는 지금 어떤 배롱나무일까? 내 주변의 환경으로 인해 나는 어떻게 보일까? 환경이 나를 얼마나 많이 바꾸었을까? 원래의 내 모습은 어떤 모습이고 내게 가장 좋은 환경은 어디일까? 묻고 또 묻고 싶은, 그리고 그 대답을 찾아야할 것만 같은 시간이었다.

찬찬히 흙길을 걸으며

초가을 해질 무렵 우포.
예전엔 '볼 것 진짜 없네.' 하며 돌아섰지만
이젠 '조금만 더 있다가 가자.' 하는 곳.
자주 가봤다고 생각했지만 갈 때마다 새롭다.

늪은 벌써부터 초록이불을 덮고
출렁출렁 몸을 뒤척이고 있었다.
찬찬히 흙길을 걸으며
늪이 속삭이는, 바람이 들려주는 이야기에
조용히 귀 기울인 오후였다.

진심으로 다가가면 그 진짜 모습이 보인다.
진짜 모습을 보고나면 사랑하지 않을 수 없는 그런 곳이다.

진심으로 다가가면 그 진짜 모습이 보인다
진짜 모습을 보고나면 사랑하지 않을 수 없는 그런 곳이다

_ 2014.09.20. 창녕우포늪

그 하루의 풍경을 사진 한 장에 고스란히 담아온 것 같은 생각에
두고두고 맘에 드는 사진이 되었다

_2011.10.31. 김천 직지사

잠시 포기할 줄도 알아야

우연찮게 동시에 일을 쉬게 된 직장 선배와 여유롭게 산책도 하고 이야기를 나누며 산사를 걷게 되었다. 보통 때는 주로 식당이나 카페에서 만나서 이야기를 나누었지만 그 날은 조금 멀리 있는 산사를 가게 되어서 사진 욕심이 났다. 그래서 카메라도 함께 동행하게 되었다.

그런데 사진에 큰 관심이 없던 선배와 이야기를 나누다 보니 머리는 머리대로 카메라는 카메라대로 제 할 일을 못하고 있었다. 가을에서 겨울로 가는 어정쩡했던 그날의 계절처럼 무엇이 목적이었는지 모를 나들이가 끝나가고 있었다.

그러던 중 노란 고운 옷을 다 벗어던진 은행나무에 실망하며 돌아서려던 찰나, 나무 그림자 옆에 있던 우리의 그림자가 눈에 들어왔다. 나들이의 목적과는 다르게 그날의 인증샷은 그렇게 선명하게 남기게 되었다. 그 하루의 풍경을 사진 한 장에 고스란히 담아온 것 같은 생각에 두고두고 맘에 드는 사진이 되었다. 다만, 어느 한 가지에 온전히 집중하기 위해서는 다른 것은 잠시 포기할 줄도 알아야 한다는 것도 그날 새삼 느꼈다.

그런 핑계가 통할까

과학실 없음, 조리실 없음, 방송실 없음, 컴퓨터 없음, 복사기 없음.
그래도 축구와 콩주머니 놀이, 웃음은 있는 작은 학교를 방문했다.

어릴 땐 하고 싶은 일이 없어 고민일 때가 있었다.
그런데 지금은 하고 싶은 일이 있는데도
너무 늦은 것 같아서, 시간이 없어서,
재능이 부족해서, 환경이 안 따라주니까 라고 핑계를 댄다.

책상 두 개에 세 명이 앉아서 공부하는 저 학교 아이들,
그리고 학교조차 못 다니는 저 아이들에게도
우리의 그런 핑계가 통할까?

_2014. 12. 23.
캄보디아 훈센초중등학교

아름다운 섬

사진을 알게 된 후의 두 번째 제주여행이었다. 도착하자마자 우리를 반긴 것은 콘도 앞의 반짝이는 억새 물결과 입을 떡 벌리게 만든 콘도 위의 까마귀 물결이었다. 나무 위에 까마귀가 새까맣게 앉아 있는 풍경도 난생처음 봤었다. 가을의 제주는 정말 억새와 까마귀 천국인 것 같았다. 또 기술인건 어쩔 수 없다 치더라도 몸 따로 맘 따로 였던 지난번 여행을 만회하고자 이번엔 단단히 마음을 먹었다. 유명한 곳보다는 사람의 발길이 드문 곳을 많이 가리라, 마음 가는 곳은 그냥 지나치지 않으리라고 생각했다. 그런데 둘째 날부터 왠 비는 그렇게 쏟아 붓는지, 게다가 비 그친 후 안개는 바로 코앞도 안보일 정도였다. 아직 우중 촬영에 익숙하지 않은 나로선 넋 놓고 창밖만 구경하는 수밖에 없었다. 처음부터 짧은 기간에 좋은 사진을 많이 얻어가겠다는 생각자체가 무리였던 것이다.

그렇게 창밖을 보다 문득, 이런 궂은 날 투성이의 척박한 땅에 그 옛날 섬사람들은 어찌 살았을까 라는 생각이 들었다. 검은 돌멩이 즐비한 땅에 뿌리를 박고 자라는 제주 나무들처럼 옛날 제주 사람들도 그런 절박함과 강인함을 지니고 살지 않았을까? 물론 지금은 그러한 모습 때문에 여행자들에게 더 매력적이고 아름다운 섬으로 여겨지지만 말이다.

반짝이던 억새 들판과 이국적인 나무들, 안개에 둘러싸인 오름, 비가 추적추적 내리던 검은 돌 해안. 모두다 사진에 담을 순 없었지만 제주만의 풍경을 눈으로 가득 담고 돌아오던 길 어렴풋이 마음을 스치고 간 것이 있었다. 세상은 그리 쉽게 뜻대로 되지 않다는 것, 새로운 것들은 우리에게 늘 자극을 준다는 것, 그리고 시련을 이겨낸 것이 더 강하고 아름답다는 것.

_2011.11.16. 제주시 명림로
_2011.11.16. 제주 서귀포시 안덕면

잊히지 않는 순간

가끔 잊히지 않는 순간들이 있다.
우연한 만남이 가져온 우연한 결과.
가슴에 새겨진 뜨거운 찰나.

그날 오후 따스한 햇살아래
맑은 웃음을 보이던,
자꾸만 돌아보고 싶던
그 아이들의 눈빛을
과연 내가 잊을 수 있을까?

_ 2014.12.22. 캄보디아 씨엠립

상처 없이 자라는 생명이 어디 있으랴

계절마다 제일 예쁘다는 곳을 찾아다녀도
이미 지고 있거나 혹은 상처 입은 생명들을 자주 만난다.

사람들은 종종 가장 아름다운 모습,
가장 아름다운 때만을 보려하거나 또 보여주려 한다.
하지만 상처 없이 자라는 생명이 어디 있으랴.
저물지 않고 영원한 생명이 어디 있으랴.
그건 분명 우리들의 너무 큰 바램 인 것이지.

_2014.09.14. 아미미술관

_2013.07.28. 부산 태종사

달려야 하는 순간

몇 해 전 여름, 그렇게 찍고 싶던 연꽃 사진을 원 없이 찍지 못하고 여름을 넘기고 있었다. 그래도 혹시나 하며 고향에 내려갔다 발견한 연 밭에 가보았지만 역시나 그곳도 모두 시들어 가고 있었다.

힘없이 이것저것을 찍어보다 포기하고 돌아서려는데 시고 있던 서쪽하늘의 해가 눈에 들어왔다. 너무 밝아 눈이 부실 땐 잘 보이지 않던 해가 미세먼지 때문인지, 살짝 흐린 날 때문인지 선명하고 예쁜 모습을 하고는 곧 저버릴 것 같았다. 놓치면 안 되겠다 싶어서 연 밭 가운데로 길게 나있는 길을 달리기 시작했다. 더 잘 보이는 곳에서 더 예쁘게 담기위해 달리고 또 달렸다.

연꽃은 찍지 못했지만 예쁜 저녁 해라도 담을 수 있어서, 그리고 마주보고 있던 저녁달까지 담을 수 있어 다행이었다. 예상치 못한 새로운 기회 앞에서는 그렇게 달려야했다. 준비가 없었던 만큼, 늦게 발견한 만큼 더 열심히 달려야했다.

예쁜 저녁 해라도 담을 수 있어서
그리고 마주보고 있던 저녁달까지 담을 수 있어 다행이었다

_ 2011.10.08. 대구 반야월

왜 저곳을 담고 싶어 했는지
그때 내리쬐던 **햇살이 얼마나 따스했는지까지** 기억이 날 때가 있다
그 느낌들이 모여서 추억이 된다

_2015.05.23. 울산 태화강 공

기억부자 추억부자

그 숱한 여행들을 돌이켜보면 머릿속에 그림을 그리듯 생생히 남아있는 장면들이 있다. 그날 찍어온 사진 몇 장을 보다보면 영화처럼 그날의 일들이 스쳐지나가기도 한다. 옆에 누가 있었는지, 그 사람들과 무슨 이야기를 나누었는지, 왜 저곳을 담고 싶어 했는지, 그때 내리쬐던 햇살이 얼마나 따스했는지까지 기억이 날 때가 있다. 그 느낌들이 모여서 추억이 된다.

새벽에 일어나 차를 타고 목적지에 도착하기까지는 거의 기억이 나질 않지만 카메라를 드는 그 순간부터는 이야기가 달라진다. 담아 놓지 않았다면 머릿속을 맴돌다 사라졌을 잔상들을 선명하고 예리한 화면으로 남겨놓았으니 남는 건 사진뿐이라는 흔한 말이 결코 말뿐인 게 아닌 것이다. 사진에 발을 담근 그 순간부터 그래서 난 기억부자요 추억부자이다.

자꾸만 가고 싶어지는

가기 전날은 설레고, 일어나기는 힘들고,
가서는 추위, 졸음, 혹은 오르막과 한판 승부를 벌여야하는,
하지만 좋은 사람들과의 추억과,
눈과 손으로 담은 잊을 수 없는 풍광 때문에
자꾸만 가고 싶어지는 그런 새벽출사.

아침잠 많은 내가 이런 새벽출사를 좋아하게 될 것이라곤
가족조차도 상상하지 못한 일이었다.
그러나 이른 새벽, 눈앞에 펼쳐지는 그림 같은 자연의 모습은
정말이지 너무나 가볍게 그것을 가능하게 해준다.

좋은 사람들과의 추억과 눈과 손으로 담은 잊을 수 없는 풍광 때문에
자꾸만 가고 싶어지는 그런 새벽출사

_2013. 10. 27. 괴산 문광저수지

동피랑을 걷다

바다 향기 풍겨오는,
드문드문 옛날 풍경도 숨어있는
그런 벽화마을을
찬찬히, 그리고 터벅터벅
혼자 걸었다.

옛스런 동화 한 편이
내 뒤를 따라다니는 것만 같았다.

_2014.04.12. 통영 동피랑 벽화마을

해바라기

한여름 뙤약볕아래
나란히 줄지어 서서
동그랗고 환한 얼굴 내민다.

더위만큼 더 활짝 핀 얼굴.
그 얼굴 마주한 날은
내 얼굴에도 꽃이 핀다.

_2013.07.03. 구미 지산

어른이 된다는 것은

어린 시절 잠수함에 대한 기억이 어렴풋이 있다. 정말 어렴풋이 남아있을 정도로 내겐 특별히 좋을 것도, 나쁠 것도 없는 기억이었다. 그런데 몇 해 전 다시 잠수함을 탈 기회가 왔었다. 약간의 기대와 알 수 없는 두려움을 안고 작은 배를 타고 바다 가운데 있는 잠수함 선착장으로 이동했다. 잠시 후 잠수함이 우리 앞에 도착하고 우리가 타야할 차례가 되었을 때 내 머릿속이 뭔가 달라지고 있다는 것을 느꼈다. 아무렇지 않게 그것을 탈 수 있었던 어린 시절의 내가 아니었다. 덜컥 겁이 나고 갑자기 숨이 막혀왔다. 저 가늠할 수 없이 엄청난 양의 물속으로 들어가는구나. 사방이 막혀 마음대로 빠져나올 수도, 숨을 쉴 수도 없는 공간에 갇히는 것은 아닐까 하는 공상이 순간 나를 옴짝달싹 못하게 만들었다. 지금의 난 너무 쓸데없이 많은 것을 알고 많은 것을 걱정하는 어른이 되어있었던 것이다. 결국 잠수함을 타지 못하고 한 겨울 아무도 없는 바다 한가운데 선착장에서 혼자 일행을 기다렸다. 그 두려운 곳을 피했다는 안도감에 나는 추운 줄도 부끄러운 줄도 몰랐다.

어른이 되면 더 용감해질 줄 알았다. 그런데 어른이 된다는 것은 어쩌면 겁이 더 많아지는 것일지도 모른다는 생각이 들었다. 그렇게 쓸데없는 폐소공포증 하나를 가지고 살아가는 나약한 것인가 하는 생각 말이다.

어른이 되면 더 용감해질 줄 알았다
그런데 어른이 된다는 것은 어쩌면 겁이 더 많아지는 것일지도 모른다는 생각이 들었다

_2016.05.07. 제주 월정리

_2013. 10. 27. 괴산 문광저수지

세상의 중심이 '나'라는 착각

처음 사진을 시작할 때부터 틈만 나면 연습하러 갔던, 내가 정말 좋아하는 샛강생태습지. 이곳을 자주 찾는 이유는 내가 사는 곳에서 가까워서이기도 하지만 사계절 내내 계절에 맞는 정감가고 아름다운 풍경을 볼 수 있기 때문이다. 봄에는 습지 가장 자리의 수많은 가로수에서 푸른 잎이 돋아나고, 여름에는 붉은 접시꽃과 연분홍 연꽃, 노란 금계국들이 가득 피어나며, 가을이면 코스모스와 갈대들이 습지를 온통 뒤덮고는 바람에 흔들리는 모습을 볼 수 있다. 그리고 그 중에서도 으뜸인 겨울 풍경은 철새들이 모여 살얼음 위를 아장아장 걷다가 때때로 무리지어 날아다니는 모습이다. 마치 작은 우포늪 같다고나 할까? 이런 샛강을 어찌 사랑하지 않을 수 있겠는가?

어느 가을날 정말 오랜만에 이곳 샛강을 들르게 되었다. 모처럼만에 마음가는대로 집중해서 사진을 찍고 돌아서는데 영화처럼 같이 사진을 하는 언니를 만났다. 평소 사진을 닮고 싶어 했던 언니여서 참 반갑고 설레었다. 그런데 그날 언니와 사진에 대해 이것저것 이야기하고 배우면서 놀란 사실이 있다. 나처럼 언니도 사진의 시작을 이곳에서 했고 나랑 똑같은 이유로 샛강을 사랑하신다는 것이었다. 그래서 지금도 이곳을 자주 찾는다고 했다. 나만 이곳을 특별히 더 사랑한다고 생각했었는데 아니었던 것이다.

사람들은 쉽게 세상의 중심이 '나' 라는 착각을 한다. 그것은 바꿀 수 없는 생각임과 동시에 정말 어리석은 착각이다.

사람들은 쉽게 세상의 중심이 '나'라는 착각을 한다
그것은 바꿀 수 없는 생각임과 동시에 정말 어리석은 착각이다

_2013. 10. 17. 섯강 생태습지

파라다이스

언젠가 우연히 보았던 아름다운 영화
'블루라군' 처럼,

푸른 바다가 펼쳐진 섬에서
사랑하는 사람과 함께
그 어떤 경쟁도 불안도 없이
자연 속에서 살아가는
그런 파라다이스 같은 삶을 꿈꾸게 된다.

제주만 가면.

자연 속에서 살아가는
그런 파라다이스 같은 삶을 꿈꾸게 된다

_ 2015.05.04. 제주 청보리밭, 제주 용눈이 오름

_2013.10.19. 충북 옥처

좋은 집

한적한 농촌에 있는 전원주택에 운 좋게 초대를 받았다. 그 집은 집의 토대가 되는 황토 흙과 편백나무, 직접 다듬고 조각하여 만든 가구들, 한 개 한 개 놓고 쌓아 만든 돌길과 돌담, 정성스레 모은 수석과 비싸지 않은 골동품들, 감물 염색한 커튼까지 잡지에서나 나올 법한 그런 한옥 전원주택이었다. 하나하나 모두 신기하고 예상외로 아름다웠다. 또 집 뒤로는 작은 산을 등지고 있었고, 옆으로는 오래된 감나무들에 둘러싸여 있었으며, 앞으로는 넓은 논을 바라보고 있는 것이 정말 자연 속에서 사는 것 같았다.

매우 부지런하고 또 자연을 사랑하는 사람만이 이런 집을 만들고 살 수 있을 것 같았지만 이날 이후 좋은 집에 대한 내 생각이 많이 바뀌었다. 옛것들이, 그리고 자연과 함께하는 것이 이렇게 아름답고 마음을 편안하게 해주는 것인 줄 예전엔 정말 몰랐었다.

착각하게 만들고 싶을 때도

아름다운 사진 한 장을 보고 세 시간 가까이 컴컴한 새벽 고속도로를 달려간 바닷가였다. 안개 자욱한 해변에 키 큰 멋진 나무토막들이 늘어서 있을 것이라 상상하며 간 그곳에는, 실망스럽게도 못생기고 작은, 거기다 군데군데 썩고 삐뚤삐뚤한 나무 몇 개가 볼품없이 꽂혀있었다. 안개는 구경조차 할 수 없었다. 절대 이곳일리 없다고 한 시간 가까이 사방을 다시 찾아 헤맸지만 결국 그곳이 이곳이라는 결론을 내렸다. 아마도 미리 본 그 멋진 사진 때문에 착각을 하고 있었던 것 같다.

가끔 너무 멋진 사진은 우리를 착각하게 만든다. 때론 멋진 겉모습을 한 사람을 보고 정말 괜찮은 사람일 것이라 착각하는 것처럼. 하지만 그 모습이 결코 전부는 아닐 것이다. 화려한 포장에 가려진 보잘 것 없는 본모습을 가지고 있지 않은 이 누가 있을까?

그래도 많은 사람들은 보는 것에서, 그리고 보이는 것에서 가장 좋은 모습을 찾을 수 있기를 바란다. 그 잠깐의 화려함에 기대는 이유는 그 모습을 남들이 알아봐주기를 바라고 또 남기고 싶은 마음 때문일 것이다. 나도 남들이 착각할만한 사진을 찍고 싶은 것처럼.

때론 멋진 겉모습을 한 사람을 보고
정말 괜찮은 사람일 것이라 착각하는 것처럼
하지만 그 모습이 결코 전부는 아닐 것이다

_2014.09.14. 신두리 해변

누구랑 가느냐

여행은
어디를 가느냐 보다는
누구랑 가느냐가 더 중요하다.

불편한 사람과 함께라면
아무리 천해의 자연경관이 펼쳐진 곳일지라도
불편한 기억밖에 없을 것이고
좋은 사람과 함께라면
그저 그런 평범한 곳도
아름답고 따뜻한 여운으로 가슴에 남을 것이다.

좋은 사람들과 함께한
가슴 따뜻한 추억들이 떠오르는 오늘이다.

_2016.05.05. 제주 더럭분교

인간의 위대함이란

운이 좋게 떠난 캄보디아 여행.
다녀와 보고서를 작성하며 알게 되었지만
바콩 사원, 바이욘 사원, 앙코르 와트 등
그곳의 사원은 그 복잡한 이름만큼 많고 다양했다.

지금은 사원의 이름도, 찬란한 그곳의 역사도 다 기억할 수 없지만,
세워지고 얽혀져있던 수많은 돌들에
오돌도돌 빼곡히 새겨진 무늬와 그림, 글자들,
정교한 높이와 간격들, 거대한 규모,
그리고 그것이 완성될 수 있었던
상상할 수 없는 시간과 인간의 노력에
그저 입이 벌어질 수밖에 없었다.

그 위대한 존재를 향한 인간의 위대함이란.

그것이 완성 될 수 있었던
상상할 수 없는 시간과 인간의 노력에
그저 입이 벌어질 수밖에 없었다

_2014. 12. 22. 캄보디아 따프롬 사원

어떤 여행을 해야하나

기대하고 고대하던 일본 여행의 첫 끼니는,
상상을 초월할 정도로 느끼하고 밍밍했던 정식.
또 먹게 되지는 않을까 두려울 정도로 끔찍해서
다 남겨버린 그 점심.

그럼 그 다음 식사는?
글쎄, 맛이 괜찮았던 것 같은데 잘 기억이 나질 않네.

내 생애 가장 괴로웠던 여행은,
고등학생 시절 동네 친구들과 갔던 여름 바다여행.
햇볕에 약한 피부인줄은 알았지만
난생처음 오일을 발라가며 썬텐을 했다가
온 다리에 화상을 입어 거의 기어오다시피 집에 와서는
일주일간 화상치료를 하며 누워있어야만 했던 그 여행.

그럼 그 여행에서 즐거웠던 기억은?
글쎄, 잘 생각이 나질 않네.

가장 기억에 남는 제주 여행은,
대학시절 우리가 몰고 간 차를 실수로 배에 싣지 못해 완도항

_2013.10.08. 제주행 비행기

주변 민박에서 하룻밤을 묵어야했고, 돌아올 때는 태풍을 만나 다시 하룻밤을 더 카드놀이하며 밤을 지새웠던 여행. 그래서 돌아오는 길, 부산으로 오던 배안에서는 12시간 내내 잠을 자야 했고 집에 와서는 심한 몸살을 앓았던 그 여행.

그럼 그 여행에서 본 것들은?
글쎄, 그 외의 것들은 정말 가물가물하네.

어찌된 일인가? 잊어버려야 좋은 여행인가? 남아있어야 좋은 여행인가? 가장 괴로웠던 기억이 가장 선명한 추억으로 남아있는 이 아이러니라니. 하지만 어린 시절의 행복한 경험이 한사람에게 살아갈 힘을 주듯이 좋은 경험은 드러나지 않지만 내 몸 속에 살아 숨 쉬고 있으리라고 믿는다.

하늘이 열렸다

눈이 퉁퉁 부은 흐린 날 아침,
무거운 몸을 이끌며 기대도 않고 산을 오르다
기적처럼 하늘이 열리는 순간,
이런 생각을 했다.

그렇게 힘든 순간도 있고
이렇게 운이 좋은 날도 있구나.

세상 참 살만하네.

_2014.02.09. 덕유산

마법

모과가 주렁주렁 달린 키 큰 나무를 올려다보고
연못 위에 빼곡히 떠있는 형형색색의 낙엽들도 보고
따가운 햇살을 가리는 아기의 손바닥 같은 빨간 단풍도 보았다.

눈에 담은 걸로도 모자라 안방까지 가지고 왔다.
사진은 위안이다.
적어도 내겐 가질 수 없는 찰나의 풍경을
가질 수 있게 해주는 마법이다.

연못 위에 빼곡히 떠있는 형형색색의 낙엽들도 보고
따가운 햇살을 가리는 아기의 손바닥 같은 빨간 단풍도 보았다

_2014.11.09. 백양사

내가 살았던 그 하루는

내가 살았던 그 하루는
누군가에겐
늦잠으로 인해 놓친 하루이고
누군가에겐
어린 시절을 추억할 수 있는 하루이며
누군가에겐
항상 꿈꿔왔던 하루이고
또 다른 누군가에겐
한 번 더 간절히 원해도 절대로 다시 가질 수 없는
아름다운 하루이다.

누군가에겐 어린 시절을 추억할 수 있는 하루이며
또 다른 누군가에겐 한 번 더 간절히 원해도 절대로
다시 가질 수 없는 아름다운 하루이다

_2014.05.10. y스튜디오

맹그로브숲 속의 노랫소리

동남아시아의 최대 호수 톤레삽. 그곳은 호수라 부르기가 미안할 정도로 우기가 되면 엄청난 넓이를 자랑한다고 했다. 눈앞에 펼쳐진 그곳의 모습은 역시나 예상과는 달랐다. 호수 가장자리를 따라서 이동이 가능한 수상가옥들이 늘어서 있었고 크고 작은 배들은 관광지라는 곳이 무색하게 생업에 바빠 보였다. 그냥 호수가 아니라 그 지역 주민들의 어장이며 삶의 터전이자 놀이터처럼 보였다.

배를 타고 그 호수를 가로질러 한참을 들어가면 물 한 가운데 섬처럼 자리 잡은 신비의 맹그로브숲이 있다. 키가 큰 나무가 가득한 숲이었지만 마치 강물 속에서 자란 나무들처럼 호수의 물이 나무줄기까지 차올라 있는 신기한 곳이었다. 조그만 배를 타고 물이 찬 숲 속의 나무 사이를 가로질러 갔다. 마치 구름 위를 둥둥 떠가는 듯한 황홀감. 그 옛날 우리의 선비들이 뱃놀이를 할 때 이런 느낌이었을까 하는 생각이 들었다. 그 느낌과 풍광을 잊지 않으려 나는 연신 셔터를 눌러댔다. 호수와 숲을 한꺼번에 느끼다니. 고요함 속에 울려 퍼지던 물소리와 숲의 소리들, 그리고 햇살이 부서지던 숲의 풍광이 내 가슴에 박혔다. 캄보디아의 어마어마한 유적지들을 이미 눈으로 담은 후였지만, 역시 인간이 만든 아름다움은 자연이 만든 아름다움을 따라가지 못하는 것 같았다.

갑자기 어디선가 맑고 우렁찬 노랫소리가 들려왔다. 관광객이 아니었다. 그들을 태우고 노를 젓는 그 지역 사람들 중 한 청년의 노랫소리였다. 꽤나 노래를 잘하고 좋아하는 청년 같았다. 얼굴엔 미소를 가득 머금은 채 우리들에게 노래를 들려주는 것이 정말 행복한 듯 보였다. 보는 이들도, 듣는 이들도 덩달아 행복해했다. 이런 아름다운 풍광 속에서 일하는 이에게는 저런 노랫소리가 절로 나오지 않을까 하는 생각이 들었다. 그 순간 나는 그가 정말 부러웠지만 그에겐 세상에 부러울 것이 없어보였다.

_ 2014.12.24. 캄보디아 톤레삽 호수

네가 곁에 있던 순간이
내게 가장 행복했던 순간

지금이라도
네게 달려갈 수 있다면
내 환한 웃음
보여줄 수 있을 텐데

.09.14. 신두리해변

3...

그리움이
파도치는
날에는

화려하게 빛났음을

얽히고설킨 우리 인연도
결국,
저 떨어지는 낙엽처럼
허무하게 사라져버리는 것일지라도
한철 화려하게 빛났음을
기억해야한다.

허무하게 사라져버리는 것일 지라도
한철 화려하게 빛났음을 기억해야한다

_2013. 10. 27. 괴산 백봉초등학교

멀어지기

가까웠던 시간만큼
어려운 멀어지기

공유했던 추억만큼
힘든 멀어지기

함께이던 마음만큼
아픈 멀어지기

간절함의 크기만큼
잔인한 멀어지기

가까웠던 시간만큼 어려운 멀어지기

공유했던 추억만큼 힘든 멀어지기

함께이던 마음만큼 아픈 멀어지기

간절함의 크기만큼 잔인한 멀어지기

_2014.03.15. 대구 김광석 다시그리기 길

바라볼 누군가
– 제주 두모악을 나서며

'두모악'은 제주의 한 폐교를 개조하여 만든, 제주를 사랑한 사진작가 김영갑님의 갤러리이다. 책에서 우연히 보게 된 후 제주 여행 때 들렀는데 다시 나오기가 싫을 정도로 그의 사진에 빠져버렸고 동시에 제주의 매력에도 빠져버렸다. 그는 이제껏 봐왔던 화려한 관광지인 제주의 모습이 아니라 제주가 원래 가진 고유의 모습을 오랫동안 사진에 담아왔다. 그의 사진들을 보고 있노라면 바람, 구름, 안개, 들판, 나무와 같은 자연의 아름다움과 신비에 나도 모르게 숙연해진다. 어찌 그리도 진중하고 아름답게 담을 수 있는지. 예술의 힘이란 이런 것인가? 한 컷 한 컷 밀려오는 감동을 이루 말로 다 표현할 수가 없다. 마치 그가 들판 한 가운데에 서 있는 것 같은 상상을 하게 된다.

그는 육지의 사람이었지만 제주와 사랑에 빠진 이 후, 20년이 넘게 제주에 살며 제주의 모습을 카메라에 담았다고 한다. 그의 작품들을 보면 왜 그렇게 제주를 사랑했는지 조금이나마 이해가 된다. 가난에 허덕이면서도 카메라를 들고 들판을 누빌 수밖에 없었던 것은 그가 가진 예술혼이 보통 사람의 그것이 아니었기 때문이리라. 작품 활동을 못하게 되면서 폐교를 손수 개조하여 만든 갤러리의 구석구석에서도 그런 그의 혼이 느껴지는 것 같았다. 번개로 죽은 것을 심어 다시 살아났다던 앞마당의 감나무, 지금은 유품실이 된 생전의 작업실, 갤러리 앞·

뒷마당에 전시되어 있는, 사진 속 고인의 야윈 모습을 닮은 작은 조형 작품들조차도 마음을 움직인다.

그곳을 나오면서 가져온 그의 작품집과 에세이집을 나는 보물처럼 간직하고 있으면서도 좀처럼 잘 꺼내 읽지 못한다. 루게릭병으로 돌아가시기 전 고된 삶과 철학, 그리고 사진에 대한 열정이 고스란히 전해져서 항상 몇 장도 읽지 못한 채 울게 되기 때문이다.

처음 이곳을 다녀 온 후, 사진에 대한 내 마음이 훨씬 더 커졌지만 '그런 분도 계신데' 라는 생각에 내가, 그리고 내 사진이 참 부끄러워졌었다. 그러나 한편으로는 바라볼 누군가가 있다는 것은 축복받은 일이란 생각이 들기도 한다. 우러러볼 누군가가 있다는 것은 내가 작아 보이는 것도 내가 못나 보이는 것도 아닌 엄청난 행운인 것인지도 모른다.

_2010.10.15. 제주 김영갑갤러리

_2009.10.14. 제주 김영갑갤러리

얼마나 좋을까

일 년 중 가장 행복한 달이 있는가?
일주일 중 가장 행복한 날이 있는가?
하루 중 가장 행복한 시간이 있는가?

있다면
해마다 기다리는 그달,
매주 기다리는 그날,
매일 기다리는 그 시간을 생각해보라.
그 전도 그 시간이 있어 견딜 만하고
그 후도 그 시간이 있어 지낼 수 있을 것이다.

만약 한 사람이 다른 한 사람의 그 순간이 될 수 있다면
그게 내가 되고 네가 된다면 얼마나 좋을까?

매일 기다리는 그 시간을 생각해보라
그 전도 그 시간이 있어 견딜 만하고
그 후도 그 시간이 있어 지낼 수 있을 것이다

_2011. 12. 12. 구미 형곡 카페 '메이'

겨울 안녕

시작이, 시작이 아니었듯이
끝도 끝이 아닐 것이다.
돌고 도는 계절처럼.

아프고 아려서 더 아름다웠던
겨울, 안녕.

_2013. 12. 15. 합천댐 주변

그런 사람이 간절하다

처음 만나도 편안한 이가 있다.
오랜만에 만나도 어제 본 것 같은 이가 있다.
대화 속에 따뜻함이 묻어나는 이가 있다.
속마음을 다 털어놓고 싶은 이도 있다.
그런 사람이 간절하다.

_2015.03.15. 통도사

만일 아무리 시간이 지나도
퇴색되지 않고 마음에 남아 있는 것이 있다면
그건 그 오랜 시간동안 내 것이 아니었던 것이다

_2013.06.30. 구미 인동 '파라다이스'

온전히 내 것이었던 적이 없기에

예쁜 가게를 우연히 만난 덕에 아주 맘에 드는 가방을 샀다. 너무 예뻐 내가 이제껏 꼭 가지고 싶어 꿈꾸어오던 그 가방이 아닌가 싶은 생각마저 든다. 그렇게 내 것이 된 가방은 평생 내 옆에서 내가 가장 아끼는 가방이 될 것만 같다.

그런데 어느 날 그 가방과는 전혀 다른 재질과 전혀 다른 디자인과 전혀 다른 매력의 가방이 눈에 들어왔다. 단 한 번도 본 적 없는 독특하고 아름다운 모습에 마음을 빼앗겼다. 그래서 가장 아끼는 가방은 일순간에 바뀌게 되었다. 한동안 내 것이었고 어느 정도 낡았으며 조금은 지루해진 예전의 그 가방은 이제 언제든 버려질 수도, 누군가에게 전해질 수도 있는 그런 것이 돼버렸다. 그 물건이 내 것이 되고 다시 버려질지도 모를 물건이 되기까지는 그리 오래 걸리지 않았다. 생각보다 긴 시간이기도 하지만 터무니없이 짧은 시간이기도 했다. 그건 사람의 마음이라는 것이 이곳에서 저곳으로 옮겨지는 것만큼 쉬울 수도, 어려울 수도 있는 시간이었다.

새로 마음을 훔쳐간 물건이 생기면 같은 용도의 예전 물건은 너무나 쉽게 관심에서 벗어난다. 그런데 만일 아무리 시간이 지나도 퇴색되지 않고 마음에 남아 있는 것이 있다면 그건 그 오랜 시간동안 내 것이 아니었던 것이다. 한 순간도 온전히 내 것이었던 적이 없기에 버릴 수도 포기할 수도 없는 것이다.

기억

기억.
그건 햇살처럼
따스하기도

때론 얼음과 같이
시리기도

_2014.05.17. 울산 태화강 공원

떠나고 나서야

지나고 나면 더 간절해지는 것이 사람마음.
잡을 땐 도망가고 싶다가도
막상 돌아서려고 하면 잡고 싶은 것이 사람마음.

곁에 있을 땐 소중함을 잘 몰라.
떠나고 나서야 꼬깃꼬깃 접어둔 마음을
밤마다 펼쳐본다.

잡을 땐 도망가고 싶다가도
막상 돌아서려고 하면 잡고 싶은 것이 사람마음

_2014.08.14. 구미 송정동 카페 '낭만다방'

기다리던 봄이 왔다

기다리던 벚꽃이 활짝 피던 날
갑자기 슬퍼졌다.

스물 한 살쯤이었을까?
친구들과 정말 즐거웠던 나는
누구나 한 번쯤 상상하듯이
이대로 시간이 멈췄으면 했던 적이 있었다.
더는 나이 먹기가 싫었다.
진심으로.

물론 시간은 절대 내 소원을 들어주지 않았다.
이럴 줄 알았으면 봄을 간절히 기다리는 것이 아닌데
또 한 번의 봄을 맞이하기 위해
너무 비싼 값을 치렀다.

이럴 줄 알았으면 봄을 간절히 기다리는 것이 아닌데
또 한 번의 봄을 맞이하기 위해
너무 비싼 값을 치렀다

_2014.04.03. 구미 원평동 벚꽃길

자연이 주는 행복

얼마 전 우연한 기회에 어느 교수님의 강의를 들었다. 숲 체험 유아교육을 전파하고 계시는 그 교수님께서는 시종일관 강한 어조로 현대인의 의식주 생활을 비판하셨다. 칸칸의 아파트에 들어앉아 꽉 막힌 오염된 공기를 마시며 독이 든 음식을 먹고 머리와 손가락만 움직이며 살아가는 것 같다고. 그렇기 때문에 몸과 마음에 병이 오는 것인데 오히려 그것이 더 편하고 좋은 삶인 것처럼 그대로 아이들에게 전해주고 있다고 하셨다. 진정한 교육은 많이 배운 줄 아는 어른들에 의해서가 아니라 무한한 포용력과 생명력을 지닌 자연에 의해 이루어진다는 말씀에 공감이 되었다.

친구들과 도시락 싸들고 산으로 들로 소풍가던 어린 시절을 어느새 까맣게 잊고 있었다. 논을 지나 산을 넘으며 옆 동네도 다녀오고, 납작한 돌 주워나르며 강가에 집을 짓고 놀던, 생각만 해도 순수하고 즐거웠던 그 시절. 삶에 바빠지면서 자연이 주는 그런 행복한 기운과 아름다움, 고마움을 잠시 잊고 있었던 것이다. 이제 다시 그 행복한 기운을 조금씩 찾아가고 싶다.

진정한 교육은 많이 배운 줄 아는 어른들에 의해서가 아니라
무한한 포용력과 생명력을 지닌
자연에 의해 이루어진다

_2012.02.11. 창녕 우포늪

내가 할 수 있는 건 그저 기다리는 것뿐
너를 사랑하고 기다림을 배워간다

_2015.04.02. 구미 봉곡 한 카페

네가 이 자리에 오기까지

네가 이 자리에 오기까지
얼마나 오랜 시간이 걸릴지
나는 결코 알지 못한다.

내가 할 수 있는 건
그저 기다리는 것뿐.

너를 사랑하고
기다림을 배워간다.

여리지만 강인한

들판에서든, 산에서든,
척박한 땅에도 불구하고 꿋꿋이 자라나
가는 줄기에 몸을 맡기고
바람 따라 반짝이며 손짓하던 그것.
그것이 억새였음을
예전에는 잘 알지 못했다.

여려 보이지만 강인한 생명력을 지녔고,
단조로운듯하나 다양한 모습을 가졌으며,
저물면서 더 아름다워지는 억새.
그런 외유내강의 억새처럼
나도 그렇게 살고 싶다.

단조로운듯하나 다양한 모습을 가졌으며 저물면서 더 아름다워지는 억새
그런 외유내강의 억새처럼 나도 그렇게 살고 싶다

_2011. 11. 16. 제주 명림로
_2013. 11. 24. 울산 태화강 억새군락지

가보고 싶다와 갈 것이다

가깝지 않은 곳인데도 불구하고 여러 번 가게 되는 곳이 있다. 좋은 추억으로 인해 그곳에 대한 애착이 많거나 멋진 풍경을 볼 수 있을 것이라는 믿음이 커서일 수도 있다. 그런데 그와는 반대로 그리 멀지 않은 곳인데도 늘 가야지 생각만하고 아직 못가 본 곳이 많다. 그런 경우 그곳과 인연이 안 된 것이거나 운이 나빠서일 것이라고 늘 내 생각을 마무리 하곤 한다.

그런 생각을 하다 문득, 오랜 시간동안 알게 모르게 기대고 살던 말들이 생각났다. '나중에', '생각해보고', '다음에' 하며 앞에 닥친 일을 미루는 말들. 훌쩍 시간이 흘러 생각해보면 그건 미룬 것이 아니라 하지 않은 것에 가까웠다. 아니 하지 않으려 한 것이다. 언제까지고 옆에 있을 것 같은 시간은 우리를 기다려주지 않는다. 지금 당장 실행하지 않으면, 지금 한 걸음이라도 나아가지 않으면 그 무엇도 장담할 수 없다. 마음이 시키는 일이라면 후회의 씨앗이 자라기 전에 성큼 한발을 내딛어야 한다.

언제까지고 옆에 있을 것 같은 시간은
우리를 기다려주지 않는다

_ 2014.01.26. 양떼목장

걸음이 여유로운 날이면

걸음이 여유로운 날이면
언제나 따라 다니는 네 그림자.

혼자여도 좋은 시간들.
하지만
네가 있으면 더 좋을 시간들.

의미

나에겐 변하지 않는 최선의 선택이
어떤 사람에겐 아무 의미 없는 일 일수도 있다.
나에겐 엄청난 노력이 필요한 인내가
어떤 사람에겐 오히려 그러지 않는 것이 더 나은 일일 수도 있다.

그 어떤 사람이 내게 너무 소중한 사람일지라도
그렇게 밖에 할 수 없다는 것은 정말 슬픈 일이다.
서로에게 똑같이 의미 있는 일이란 것이 왜 이렇게 힘든 것일까?

걸음이 여유로운 날이면 언제나 따라 다니는 네 그림자
혼자여도 좋은 시간들
하지만 네가 있으면 더 좋을 시간들

_ 2014. 12. 07. 시안 뮤지엄

그 어떤 사람이 내게 너무 소중한 사람일지라도
그렇게 밖에 할 수 없다는 것은 정말 슬픈 일이다
서로에게 똑같이 의미 있는 일이란 것이 왜 이렇게 힘든 것일까

_ 2011. 12. 12. 구미 형곡 카페 '메이'

또 다시 여행

뜨거운 여름, 뜻밖의 부산여행이었다. 친한 동생과 언니로부터의 갑작스런 제안으로 얼떨결에 나서게 되었다. 그동안 항상 담고 싶었던 수국 꽃밭과 가보고 싶었던 다대포 바닷가를 둘러오는 여행. 오랜만에 가게 된 부산이라는 것만으로도 좋았지만 그날 담게 될 사진을 기대하지 않을 수 없었다. 그런데 활짝 핀 수국 꽃을 볼 수 있는 시기도 조금은 지났고 흐린 날씨로 인해 노을진 멋진 바닷가를 볼 수 없다는 사실을 우리는 그곳에 도착하고 알게 되었다. 그래서 좋은 사진도 담지 못하고 새벽부터 서둔 무거운 몸에 걷기는 또 얼마나 걸었는지. 어쩐지 운이 그리 좋은 날 같지는 않았다. 그래도 여행은 목적보다 과정이라고 여기며 우리는 사진에 대한 이야기와 열정으로 그날 하루를 알차게 보내기 위해 노력했다.

그렇게 긴 하루를 보내고 몇일이 지났다. 찬찬히 그날 사진을 보며 포스팅할 사진을 정리하는데 기분이 참 이상했다. 힘든 기억이 분명 많았던 날이었는데 시간이 지날수록 커가는 것은 그날에 대한 그리움이었다. 그날 날씨가 얼마나 더웠는지, 얼마나 많이 걸었는지, 점심으로 먹은 냉면은 얼마나 맛이 없었는지는 이제와 생각해보면 전혀 중요하지 않다. 이렇게 지나고 나면 언제나처럼 다시는 돌아갈 수 없는 아름다운 추억이 되어버리니 말이다. 지는 중이었어도 알록달록 큰 봉오리를 자랑하던 수국 꽃밭과 헌책 냄새 가득한 책방 골목길, 그리고 멋진 일몰은 없었지만 점프 사진 찍고 하트 실루엣 그리며 편안히 시간을 보내던 다대포 바닷가. 시간이 지날수록 그 하루가 아름답고 소중하게 기억되는 것은 사진이라는 매개체 하나로 함께 추억을 만들어가는 사람들이 있어서였다. 더 즐겁게 걷고 더 의미 있게 남길 수 있는 건 함께할 사람들이 있어서, 혼자가 아니어서이다.

_ 2013.07.28. 부산 태종사

시간은 앞으로도 계속 흐르겠지만
우리들이 공유하는 어린 시절의 아름다운 추억들은
그리고 우정은 그 세월만큼 더 두터워져 갈 것이다

_ 2014.08.30. 영천 보현산 천문대 주변

시간은 계속 흐르겠지만

어릴 적 친구들과 그들의 천사들을 만났다.
친구들과 똑 닮은 천사들은 오후 빛 아래에서
토끼풀과 함께 해맑게 뛰어놀았다.
그 아이들처럼 영원히 꼬꼬마이고 소녀일 것만 같은 우리들에게도
이렇게 결국 시간은 흐르고 있었다.
비록 지금은 모두 뿔뿔이 흩어져 자주 만나지는 못하지만
같은 고향, 같은 유년시절을 추억하는 것만으로도
그들을 만날 때가 제일 편하고 포근하다.

시간은 앞으로도 계속 흐르겠지만
우리들이 공유하는 어린 시절의 아름다운 추억들은,
그리고 우정은 그 세월만큼 더 두터워져 갈 것이다.

그는 없고 그의 음악만이

마음을 다 담아내고도 남을
묵직한 목소리가 있다.
기타선율 하나에도
가슴에이는 음악이 있다.
제목만으로도
인생의 깊이를 느끼게 하는 노래가 있다.

그의 음악이 그렇다.
그의 음악이 그립다.

기타 선율 하나에도 가슴 에이는 음악이 있다
제목만으로도 인생의 깊이를 느끼게 하는 노래가 있다
그의 음악이 그렇다

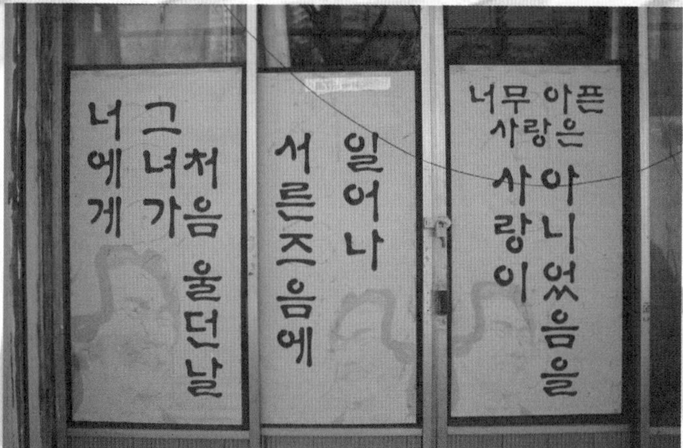

_ 2014. 03. 15. 대구 김광석 다시 그리기 길

사랑하고 있다면

사랑하고 있다면
매일 시 한 편을 쓰듯
그 사람을 대할 것이며,

사랑하고 있다면
매일 그 사람의 따뜻한 눈빛으로 인해
세상이 따뜻해지는 것에 감사할 것이며,

사랑하고 있다면
매일 그 사람과 마주하는 것 자체가
기적이라고 생각하라.

_2014.09.28. 함양 두레마을 와인카페, 2014.03.15. 대구 김광석 다시 그리기 길

더딘 이별

내가 아쉬워서
네가 머물러서
더딘 이별

네 어깨에 앉은 낙엽하나라도
붙잡고 싶다.

네가 아쉬워서
네가 머물러서
더딘 이별
네 어깨에 앉은 낙엽하나라도
붙잡고 싶다

_2014.09.28. 함양 상림공원
_2011.10.24. 구미 원호

세상엔 공짜가 없다

직장 사진동아리로 만난 우리 다섯 명의 세 번째 사진 여행이었던 것 같다. 완연한 가을이 되면 멋진 운해를 볼 수 있다는 이야기를 들으며 떠난 곳은 옥천 부소담악이라는 곳이었다. 가기 전까지는 한 번도 이름을 들어보지도, 사진을 구경해보지도 못한 생소한 곳이었다. 많이 알려지지 않아서인지 역시나 찾아가는 길은 쉽지 않았다. 네비를 켜고 한참을 이리저리 헤매다가 겨우 도착해갈 무렵 이러다간 운해도 구경 못한 채 해가 떠버리는 것은 아닐까 하는 생각이 들었다. 그래도 다행히 얼마 지나지 않아 대장님께서는 자그마한 산길을 겨우 찾아내셨고 우리 다섯은 열심히 오르기 시작했다. 그런데 바쁜 마음 때문인지 몇 사람 안 올라간 것 같은 좁고 가파른 산길은 길고도 험하게 느껴졌다. 미끄러질 뻔하기를 몇 번, 숨을 고르며 쉬어가길 여러 번. 끝이 없어보이던 그 오르막에서, 산길을 거의 오를 일이 없었던 친한 동생과 나보다 여행 베테랑이시던 대장님은 이상하게도 유난히 더 힘들어 하셨다.

그렇게, 사실은 짧았지만 엄청나게 길게 느껴졌던 오르막이 끝나고 시야가 탁트이기 시작했을 땐, 눈으로 보기만 해도 감탄사 연발하는 풍경이 펼쳐져 있었다. 기다란 땅의 끄트머리들이 지그재그로 엇갈리듯 마주보는 것 같은 형상에 대청호의 물이 들어와 우리나라에서는 잘 볼 수 없는 특이하고도 아름다운 지형이었다. 거기다 때를 잘 맞추었는지 운해까지 옅게 깔려있어

_ 2013. 10. 19. 옥천 부소담악

장관을 이루고 있었다. 그 풍경을 보고 있자니 우리나라에는 정말 구석구석 참 아름다운 곳도 많은 것 같다는 생각을 하지 않을 수 없었다.

그제야 숨을 고르시던 대장님께서는 "세상엔 참 공짜가 없구나."라고 하셨다. 늘 옳은 말씀만 하신 대장님. 정말이지 이렇게 아름다운 모습을 보여주려고 우리를 그렇게 힘들게 이곳으로 끌어당겼나 하는 생각이 들었다.

새벽부터 일어나 하루 종일 돌아다니는 일은 좋아하는 일 아니고서야 하기 힘들다고 하셨다. 일이라고 한다면 누가 시킨들 이렇게 할 수 있을까 라고 하시며. 좋아서 하는 일에 마음먹고 덤비는데도 이런 풍경은 참 만나기 힘들다고 한다. 또다시 이런 좋은 사람들과 이런 아름다운 풍경을 볼 확률이 얼마나 될까? 다시 그런 날이 올까?

네가 오기로 한 자리

네가 오기로 한 자리에서
너를 기다리는 동안
한줄기 꽃비가 내렸다.

자연이 주는
아름다운 선물을 받은 그날,
내 맘에도 꽃비가 내렸다.

자연이 주는
아름다운 선물을 받은 그날,
내 맘에도 꽃비가 내렸다

_ 2015.04.05. 금오산 올레길
_ 2014.04.03. 구미 원평동 벚꽃길

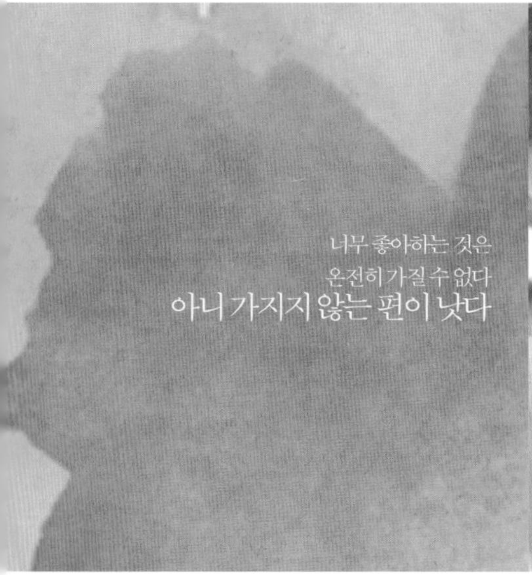

_ 2015.02.01. 순천 드라마 촬영장 주변

너무 좋아하면

너무 좋아하는 것은
온전히 가질 수 없다.
아니 가지지 않는 편이 낫다.

늘, 정말로 내 것인지
확인하고 불안해하며
전전긍긍하기 때문이다.

너무, 너무 좋아하면.

사람 맘이 늘 이래

사람 맘이 늘 이래
차가운 겨울바람이 쓰라려
빨리 봄이 왔으면 좋겠더니

막상 봄이 오고 나니
그새 눈 내린 풍경이
따뜻하게 느껴져,
그리워져.

다시 돌아가면 네 차가움에 지치지 않을 수 있을까?
다시 너를 온 마음으로 받아줄 수 있을까?

_ 2014.01.26. 양떼목장

네가 그리운 날엔

네가 그리운 날엔
잠시 숨을 고르고
곁에 있는 작은 것에 감사해본다.

네가 그리운 날엔
이제껏 지나온 내 삶에
너 아닌 소중한 것들에 대해 생각한다.

네가 그리운 날엔
그때 내 이기심이 얼마나 컸는지
지금도 다 욕심이라 마음을 잠재운다.
네가 그리운 날엔

_2011.10.15. 춘천 제이드가든

_ 2015. 03. 01. 구미 문성 카페 '구스토'

지붕 위에 눈이 쌓이듯

몇 달 동안 함께 웃고 이야기하며 기타를 배우던 동생이 포항으로 이사를 갔다. 나보다 더 작은 손으로 나보다 더 큰 열정을 가지고 기타를 배우던 애교 넘치던 동생. 사람 든 자리는 몰라도 난 자리는 안다고, 그새 정이 많이 들었는데 갑자기 떠난다고 하니 아쉬움이 밀려왔다. 그래도 더 좋은 일자리가 생겨 떠나는 것이라니 화려한 송별회의 밤을 보내고 우리는 어쩔 수 없이 떠나는 동생을 지켜만 보았다.

그리고 한 달쯤 지났을까? 동생이 보고 싶은 우리 몇몇은 포항으로 향했다. 우리를 기다리던 싱싱한 회와 아름다운 바다보다 더 그리운 사람이 기다리던 포항으로 가는 그날, 우리는 정말 들떠있었던 것 같다. 그런 우리들의 마음은 사고로 1시간 가까이 정체되었던 고속도로도, 귀가 떨어져나갈 것 같은 차가운 바닷바람도 잠재우지 못했다. 바다가 보이는 횟집에서 지난 한 달간의 못다 한 이야기를 하고, 해수욕장의 한쪽 귀퉁이에서 기타와 카혼을 치며 어설픈 버스킹을 하고, 따뜻한 차 한 잔으로 찬바람에 언 몸을 녹이는 일. 그날 하루 우리가 할 수 있는 것이라곤 고작 그런 것들뿐이었지만 그것만으로도 우리의 들뜬 마음을 만족시켜주기에 충분했다. 그리고 그것들보다 더 가슴에 남은 것은, 우리가 보고 싶었고 여기 사람들이 그리웠다는 애교 섞인 동생의 말 한마디와 뜨거운 포옹이었다.

나도 네가, 우리도 네가 보고 싶었고 그리웠다. 만남은 지붕 위에 눈이 쌓이듯 소리 없이 쌓이는 정이지만 헤어짐은 지붕 위에 내려앉은 눈의 무게를 힘겹게 버텨내는 것과 같다. 나도 모르게 소리 없이 쌓이던 눈이 상상할 수 없는 무게로 내려앉아 있음을 깨닫는 순간은 그 눈을 마침내 걷어내야 할 때이다.

_ 2014.01.26. 양떼목장

네가 가까이 있었으면 좋겠다

오늘 내게 있었던 일들을 오래 묵히지 않고
오손도손 전할 수 있는 가까이에
네가 있었으면 좋겠다.

글로도, 목소리로도 전할 수 없는,
따뜻한 눈빛 마주할 수 있는 가까운 거리에
네가 있었으면 좋겠다.

앙상한 나무에서 꽃향기가 나고
스산하게 불던 바람도 어느새 마음을 녹이는
너를 만나러 가는 길.
그 길을 오늘이고 내일이고 걸어가고 싶다.

온기 가득한 마음이 닿을 수 있는 가까운 거리에
항상 네가 있었으면 좋겠다.

_ 2014.09.10. 구미 원호

못난 사람

후회하지 않기
미안해하지 않기
그리워하지 않기

지나간 모든 일을
지나간 모든 것을
지나간 그 시간을

_2013.05.25. 구미 문성

익숙함의 노예가 되는 일

그렇게 사랑스럽던 네가 가끔은 못나 보이는 일
맑은 너의 미소가 때론 바보 같아 보이는 일
네가 가진 재주가 이젠 그다지 쓸모없어 보이는 일
내게 베푼 너의 모든 친절이 지금은 당연한 것이 되는 일
나와 닮은 너의 많은 것들이 나와 달랐으면 하는 일
나와 다른 너의 많은 것들이 나와 닮았으면 하는 일
내겐 자연스러운 일이지만 너에겐 너무나 잔인한 일
오늘 곁에 있는 네가 내일도 곁에 있을 것이라 믿는 일
그래서 너를 잃은 후 언젠가는
이런 이기적인 내 자신이 죽을 만큼 미워지는 일

그렇게 사랑스럽던 네가 가끔은 못나 보이는 일
맑은 너의 미소가 때론 바보 같아 보이는 일
2009.10.14. 제주 김영갑 갤러리

당신이 행복했으면 좋겠습니다

어떤 일이 있어도 당신이 행복했으면 좋겠습니다.
당신의 인생에 예상치 못한 괴로움이 덮쳐
당신이 마음으로 소리치는 날이 없었으면 좋겠습니다.
그로인해 하염없이 한숨짓고 눈물 쏟아내는 날이 있더라도
그런 날은 그날뿐이었으면 좋겠습니다.
그 고통이 앞으로 남은 당신의 날들에
어떤 멍도 남기지 않고
작은 먼지처럼 사라지는 것이었으면 좋겠습니다.

어떤 일이 있어도 당신이 외롭지 않았으면 좋겠습니다.
당신의 인생에 문득 들어와 덧없는 행복을 알게 하고 선
금세 당신 곁을 떠나버리는 사람이 없었으면 좋겠습니다.
그로인한 외로움에 사무쳐 길을 지나는 누구라도 붙들고
말을 걸고 싶을 만큼 공허한 날이 생기더라도
그런 날은 그날뿐이었으면 좋겠습니다.
그 외로움이 앞으로 남은 당신의 날들에
어떤 상처도 내지 말고
물처럼 흘러가는 것이었으면 좋겠습니다.

언제 그랬냐는 듯 다시 아무렇지 않게 살아가는 당신에게
그럼에도 불구하고 또 한 번 그런 날들이 닥치더라도
당신으로 인해 웃고
당신으로 인해 외롭지 않은 사람들을 떠올리며
진정 당신이 다시 행복해졌으면 좋겠습니다.
어떤 일이 있어도
당신이 행복했으면 좋겠습니다.

_ 2015.05.23. 울산 대공원

매일 평범하게
살 수 있음에 감사하다.
주변과 어울리는
은은한 사람이고 싶다.

소소하지만 연약하지 아니하고
화려하지 않지만 못나지 아니한
지금 이대로도 나는 좋다.

.05.10. y스튜디오

4...

지금 이대로도 좋아

아무리 옅을 지라도

처음 사진을 시작할 때 썼던 수동카메라.
이제는 다 팔고 없지만
요즘 그 필름카메라가 다시 그립다.
DSLR의 편리함에 길들여져
다시 예전으로 돌아가기엔 용기가 조금 필요하겠지만
그 까칠함과 오래된 것 같은 따스함이 너무 그립다.
아무리 좋은 점이 많더라도 디지털카메라는
필름카메라만의 특유의 감성을 잘 만들어내지 못한다.

그 두 카메라가 그런 것처럼
세상만물에도 다 좋거나 다 나쁜 것은 없는 것 같다.
아무리 옅을 지라도 좋고 나쁨이 공존한다.
그래서 모두가 각자의 쓰임에 따라
그들을 필요로 하는 곳에서
제 역할을 하며 살아가고 있는 것이다.

다시 예전으로 돌아가기엔 용기가 조금 필요하겠지만
그 까칠함과 오래된 것 같은 따스함이 너무 그립다

_2014. 12. 07. 왜관 카페 '하루역'

마음의 눈

때론 흐릿함이
내가 보고자 하는 것을
더 선명하게 해준다.

힘든 시기에
곁을 지켜주는 이가
더 또렷해지듯이.

흐림은 마음의 눈을 뜨게 해준다.

_2014.11.30. 칠

_2014.11.30. 구미 금오산 올레

긍정의 시선

사물은
언제, 어디에서, 어떻게,
무엇과 함께 보느냐에 따라
모두 다르게 보인다.

사람도 그렇다.
결국엔 행복도 그러하다.

그래서 우리에겐
긍정의 시선이 필요하다.

_2014.10.01. 구미 문성
_2014.09.07. 영천 금호

조금은 다른, 하지만 같은 길을 가는

상담공부를 할 때였다. 어느 정도 전공수업에 적응한 3학기쯤이었다. 그날은 같은 모둠에서 만난 나보다 나이가 좀 더 많은 언니들과 인생 곡선 이야기 수업을 받고 있었다. 지금까지 살아오면서 행복했던 순간들은 가로선 위쪽에 점을 찍고, 힘들었던 순간들은 가로선 아래쪽에 점을 찍어 그 점들을 시간순서로 연결하면 하나의 인생 곡선이 완성되었다.

곡선 그리기가 끝나고 이어서 이야기를 나누는 시간이 되었을 때 우리는 자신의 이야기를 하는 것에 대한 부끄러움도 잠시, 진심어린 이야기를 털어놓기 시작했다. 행복한 순간들을 이야기할 때는 입가에 미소가 절로 번졌고 불행한 순간들을 이야기 할 때는 당시 억울하고 불합리한 상황에 열변을 토하기도 하고 또 초탈한 듯 낮은 목소리로 전하며 눈가에 눈물이 맺히기도 했다.

그렇게 돌아가면서 이야기를 나누는 동안 무엇보다 가장 신기했던 것은 20대 후반에서 30대 초반, 사랑하는 사람을 만나 결혼을 하고 아이를 낳으면서 새로운 가정을 만들던 그 시기들이 대부분 그리 평탄하지 않았다는 점이었다. 막 그 시기를 지나온 것 같은 나에게 그보다 더 큰 위로는 없었다. 세상에서 제일 힘든 것이 아이를 키우는 일이란 생각에 내 아이를 좀 더 이해하고자 상담공부를 했던 터였다. 그런데 함께 이야기를 나누던 인생 선배들 모두 그 시기가 인생에서 가장 어려웠던 시기라고 했다.

잘 알지 못하는 사람들끼리 그렇게 서로의 인생이야기를 주고받는 동안 우리는 상대의 인생에 투영된 자신의 인생을 보며 위로를 받았다. 모두 제각기 다른 길들을 가고 있는 우리였지만 알고 보니 같은 여자로서의 길을 가고 있는 사람들이었던 것이다.

인생 곡선 이야기를 나누며 얻은 가장 큰 것은 그런 것이었다. 어떻게 흘러갈지 모르는 삶의 과정에서 좀 일이 잘 풀린다고 자만할 것도, 또 조금 힘이 든다고 절망할 것도 아니라는 사실이다. 세상엔 나와 같은 과정을 거치거나 아니, 나보다 더한 일들을 겪는 사람들이 많이 있다는 것을 잊지 않아야겠다.

...2015.05.23. 울산대공원 장미 정원

_2014.03.15. 대구 신천동 골목

미안해지지 않기 위해

괜찮다고 말했지만
사실 괜찮지 않았다.

미안해하지 않았으면 좋겠다고 했지만
사실 미안해했으면 했다.

이해할 수 있다고 했지만
사실 이해하고픈 맘이 생기지 않았다.

때때로 그렇게 흔한 거짓말을 하며 살아간다.
불쑥 나와 버린 진실 앞에
내가 더 미안해지지 않기 위해.

괜찮다고 말했지만 사실 괜찮지 않았다
미안해하지 않았으면 좋겠다고 했지만 사실 미안해했으면 했다

_ 2012. 06. 30. 안동 하회마을 버스

당신에게 난, 나에게 당신은

사람이 체중계라면
내 존재의 무게를 가장 무겁게 달아줄 사람을 만나고 싶다.
불면 날아갈 것 같은 가벼운 존재가 되고 싶지 않다.
내 마음도 내 존재와 함께 날아가 버릴테니까.

당신에게 난 어떤 의미인가요?

어쩌면 살면서 만나는 사람에게
꼭 한번은 물어보고 싶은 말이다.
내 앞에 당신에게 진실로 의미 있는 존재이고 싶다.

사람과 사람이 멀어지는 가장 큰 이유도 결국은
서로가 서로에게 가벼운 존재이기 때문이다.

어쩌면 살면서 만나는 사람에게 꼭 한번은 물어보고 싶은 말이다
당신에게 난 어떤 의미인가요?
내 앞에 당신에게 진실로 의미 있는 존재이고 싶다

_2014.09.28. 함양 두레마을 와인카페

사진도 편식

좋아하는 음식을 앞에 두고
싫어하는 음식에 손이 잘 가지 않듯이
좋아하는 피사체를 두고
관심이 적은 피사체에는 눈이 잘 가지 않는다.

빌딩보다는 기와가
기와보다는 초가가
초가보다는 자연이
자연보다는 사람이
더 카메라를 잡아당긴다.

이 편식도 건강에 좋지 않으려나?

빌딩보다는 기와가 기와보다는 초가가
초가보다는 자연이 자연보다는 사람이
더 카메라를 잡아당긴다

_ 2015.03.15. 통도사

새파란 싹을 다시 틔울 수만 있다면

새파란 어린 들판이 황금들판에게 말했다.
"당신의 그 풍족함과 여유로움이 정말 부러워요.
전 언제쯤 그렇게 될 수 있을까요?"

황금들판이 대답했다.
"새파란 싹을 다시 틔울 수만 있다면
내 온몸을 다 털어내어 네게 줄 수 있어."

_ 2011.10.09. 영천 금호
_ 2015.05.23. 울산대공원

내가 어떤 노력을 해서라도 붙잡고 싶은 사람이

내 곁에 있는 사람이 되고

내가 더 이상 노력을 하지 않게 되는 사람이 내 곁을 떠나게 되는 사람이다

_2015.4.26. 서대구 연산홍 군락지 주변, 2014.10.12. 서울 삼청동

사람과 사람사이

좋은 사람과 나쁜 사람이 있었다. 유명한 사람과 평범한 사람도 있었고, 나와 닮은 사람과 나와 닮지 않은 사람도 있었다. 잘 맞는 사람과 잘 맞지 않는 사람이 보이기 시작했고, 다가오는 사람과 다가오지 않는 사람이 있었다. 커가면서 내가 본 수많은 사람들에게서 찾은 모습은 이랬다.

그런데 사람사이의 관계란 거기서 그치지 않았다. 좋지만 다가가기 어려운 사람, 싫지만 나와 떼려야 뗄 수 없는 사람, 여럿이 있을 땐 좋지만 둘이 있을 땐 불편한 사람, 둘이 있을 땐 좋지만 여럿이 있을 땐 존재감이 적은 사람, 정말 편하지만 대화가 이어지지 않는 사람, 대화는 정말 잘 되지만 편하지 않는 사람. 사람사이 관계가 무엇이 이리 복잡한 것인지 알면 알수록 모르겠다. 애초부터 이해할 수 있는 사람과 이해할 수 없는 사람이란 것도 없었다. 이해하고 싶으면 이해가 되는 것이고 이해하기 싫으면 이해가 되지 않는 것이다. 불확실하기 때문에 계속 알아갈 수밖에 없는 것이 사람이고 불확실하기 때문에 계속 기대게 되는 것 또한 사람이다.

그래도 단 한 가지 시간이 지날수록 선명해지는 것이 있다. 그 어떤 인간관계에도 노력이 필요하다는 것. 내가 어떤 노력을 해서라도 붙잡고 싶은 사람이 내 곁에 있는 사람이 되고 내가 더 이상 노력을 하지 않게 되는 사람이 내 곁을 떠나게 되는 사람이다. 더 많은 사람들과 소통할 수 있는 에너지를 가지는 것, 이제는 그것이 불확실한 인간관계 속을 살아가는 지금 내가 바라는 한 가지인지도 모르겠다.

아이에게 꿈은

아이에게 꿈은 청춘을 향한 희망이지만
어른에게 꿈은 푸른 청춘의 추억이다.

아이에게 여행은 삶을 위한 준비이지만
어른에게 여행은 삶을 돌아보는 여유이다.

아이에게 삶은 아직 가보지 못한 미지의 세계이지만
어른에게 삶은 이제 조금 쉬어도 좋을 긴 여정 같은 것이다.

나는 지금 아이인가? 어른인가?
아직 꾸어야 할 꿈도, 준비할 것도, 가보지 못한 세계도
너무 많은 나날들이다.

아이에게 꿈은 청춘을 향한 희망이지만
어른에게 꿈은 푸른 청춘의 추억이다

_ 2015.08.05. 인천 국제공항

그렇게 계속 세상은

가장 안심하는 순간에 찾아온 시련.
그런 순간들을 여러 번 겪다보면
아무 생각 않고 편안히 흘려보내는 시간이 점점 줄어들게 된다.
여유롭고 행복한 순간마다 약간의 긴장을 안고 살게 된다.

가장 힘든 순간에 찾아온 기회.
그런 순간들을 여러 번 맞이하다보면
끝이 보이지 않는 어둠 속에서도 긍정의 빛을 향하게 된다.
절망이 다가오는 순간마다 작은 희망의 불씨라도 찾게 된다.

그렇게 계속 세상은
안주하지 않고 스스로를 채찍질하게 하고
바닥을 딛고 다시 날아오를 수 있게 한다.
내 의지와는 상관없이
세상은.

폭풍우가 지나가고 나면

살다보면
나에게는 절대로 일어나지 않을 것 같은 일도 일어나고
자고나면 모두 꿈이었으면 좋을 그런 일도 일어난다.

그러나 길고 끔찍했던 폭풍우가 지나가고 나면
찢겨지고 부서진 상처투성이 몸으로도
또다시 살아갈 궁리를 해야 한다.

그렇게 또 살아가다 보면
폭풍우의 잔인함은
서서히 잊히게 되겠지.
흉터로 깊게 패인 가슴도
서서히 무뎌지게 되겠지.

_ 2014.07.12. 충북 보은 임한리 솔숲

_ 2013.06.15. 샛강 생태습지

_ 2016. 03. 19. 포항 북부해수욕장 주변 카페

사람이 사람을 다 알기란

오래 보아야 그 사람을 알 수 있다.
오래 만나야 나를 제대로 보여줄 수 있다.

아니 또 어찌 보면
아무리 만나도 사람은 다 알 수 없기도 하다.

처음부터 사람이 사람을 다 알기란 있을 수 없는 일이고
다른 이에게 나를 다 보여주는 일 또한 불가능한 일이다.

내가 나에 대해 다 이해했다고 생각하는 순간
또 다른 나를 발견하기 일쑤니까.

오래 보아야 그 사람을 알 수 있다
오래 만나야 나를 제대로 보여줄 수 있다
아니 또 어찌 보면 아무리 만나도 사람은 다 알 수 없기도 하다

_ 2015.03.07. 아산 지중해 마을 한 카페

서로가 있다는 것에

바쁜 듯 바쁘지 않던 어느 토요일. 그날 우리 가족에겐 11년 만에 이사라는 엄청난 결심이 필요한 일이 계속 진행 중이었고, 그 사이 아주 잠깐 무료한 듯 느껴지는 오후를 보냈다. 몇 년간의 피나는 연습을 거쳐 결국 사람들의 사랑을 받게 된 어린 소녀들이 TV에서 울음바다가 되는 것을 보고 같이 울다가 깜박 잠이 들었다. 몇 분의 시간이 지났을까? 꿈인 것 같은 전화벨이 울리고 정말 꿈처럼 반가운 동생의 목소리가 들렸다. 좀처럼 주말에 여유가 잘 나지 않던 친한 동생이 요즘 새로운 일을 시작하느라 준비하는 사이 잠깐의 여유가 생긴 모양이었다. 그렇게 생긴 여유를 나와, 그리고 또 다른 언니와 저녁을 먹으며 보내기로 마음을 먹은 것이다. 얼른 정신을 차리고 오전에 나갔던 차림으로 다시 옷을 차려입고 나갔다.

우리는 맛있는 저녁을 먹고 달콤한 음료를 마시며 그보다 더 맛있고 영양가 있는 수다를 이어갔다. 언제나 우리들 수다의 가장 큰 화두는 열정을 바칠 수 있는 일을 찾는 것, 마음을 다 줄 수 있는 짝을 찾는 것, 그리고 바쁜 일상에서 여유와 행복을 찾아가는 것에 관한 것이다. 어떤 때는 정말 좋아하는 일을 찾는 것이 가장 어려운 일일 때가 있고, 또 어떤 때는 평생을 함께할 짝을 찾는 일이 가장 해결이 안 되는 일이며, 또 어떤 때에는 일상에서 행복을 찾는 일이 가장 해답을 모르는 일일 수도 있었다.

그렇게 끝도 없는 대화를 이어가다가 문득 이 모든 것들을 이야기할 수 있고 나눌 수 있는 서로가 있다는 것에 고마웠고 안심이 되었다. 이런 고민을 안고 있는 것보다 그것을 풀어낼 수 있는 사람이 없다는 것이 더 슬픈 일이 아닌가. 이야기를 비울수록 채워지는 가슴에 저절로 미소가 번졌다. 낮잠 속의 꿈처럼 토요일 오후 갑자기 찾아온 동생과 언니가 봄날 선물 같았던 하루. 그렇게 하루를 마무리하고 또 하룻밤을 편안히 잠들 수 있음에 감사했다.

_ 2014.03.15. 대구 김광석 다시 그리기 길
_ 2014.12.06. 왜관 카페 '하루역'

여유가 독이 된다면

어떤 날은 하루 종일 청소만 하는 날이 있다.
또 어떤 날은 하루 종일 책만 읽는 날도 있다.
글을 쓰거나 음악을 듣거나 사진을 찍는 그런 일들도
마음속 고민이나 아픔을 덜어줄 때가 있다.

생각할 여유가 오히려 마음에 독이 될 때는
그렇게 무언가에 몰입해 본다.
그것들을 하느라 정신을 놓은 사이
마음을 할퀴던 일은 생각할 여유조차 없을 테니까.

_2014.12.06. 왜관 카페 '하루역'

어려운 길

가기 어려운 길일수록
그 과정에서 얻어지는 것이 많다.

남들이 가지 않았던 길일수록
그 길 끝에 나를 반기는 것이 더 많다.

기대하지 않고 묵묵히 가는 길일수록
마지막에 더 활짝 웃을 수 있을 것이다.

_2012.12.30. 한라산 영실코스

웃음이라는 묘약

수없이 짓는 표정들이 모여 굳어지면
한 사람의 인상이 바뀌고
그 사람의 인상은 그 사람의 삶을 바꾼다고 한다.
순간순간의 감정을 표현하는 것은 자유이지만
그 표정이 모여 만들어진 인상은 자신에게 책임이 있다.

가끔 무표정한 얼굴로 거울을 본다.
내가 밝은 사람인가? 어두운 사람인가?
다가가기 쉬운 사람인가? 다가가기 어려운 사람인가?
절로 미소가 지어지는 얼굴인가? 덩달아 우울해지는 얼굴인가?
말 한마디로 천 냥 빚을 갚을 수 있다는 말처럼
한 번 한 번의 미소들이 모여 인생이 바뀔 수도 있다는 것이다.

거울을 보며 한껏 웃어본다.

_ 2012.07.01. 샛강생태습지

타협하기

누구나 마음속에 자신만의 울타리가 있다고 생각한다. 이를테면 그 울타리는 내가 다른 사람과 세상을 이해하는 정도이거나 또는 누군가를 받아들일 수 있는 정도 같은 그런 것이다. 그것이 넓으면 넓을수록 그 사람의 마음은 더 평화로울 것이다.

한때는 내 울타리가 넓어서 자랑스러웠던 적이 있다. 그런데 언제부터인가 내 울타리가 좁게만 느껴져 때때로 갑갑할 때가 생기기 시작했다. 내가 쳐놓은 그 울타리는 나를 지키기 위함이었는데 그렇게 가끔은 나를 가두는 것 같을 때, 그래서 내 스스로가 답답하다고 느낄 때, 화를 내기 싫은데 화가 나고, 이 세상과 그리고 내 앞에 있는 사람이 도무지 이해가 되지 않을 때 같은 경우 말이다. 차라리 그럴 때는 내 울타리가 사라졌으면 좋겠다는 생각을 한다.

하지만 그럴 수는 없는 일이다. 그럴 때마다 내가 할 수 있는 일이라곤 울타리를 계속 넓히는 일밖에 없다. 울타리 안에 더 많은 세상을 들이는 수밖에 도리가 없는 것이다. 내가 버티기 위해서는.

울타리 안에 더 많은 세상을 들이는 수밖에 도리가 없는 것이다
내가 버티기 위해서는

_2012. 12. 25. 구미 원호, 2014. 05. 17. 울산 태화강 공원

빛을 가리고 땅을 덮어도

빛을 가리고 땅을 덮어도
내 마음은 사그라지지 않는다.

내 마음을 모두 앗아간 것이
일에 대한 열정이든
사람에 대한 열정이든
삶에 대한 열정이든
그 무엇이 되었든
그런 열정하나 간직하고 사는 삶은
살아갈 가치가 있지 않는가?

그 무엇이 되었든
그런 열정하나 간직하고 사는 삶은
살아갈 가치가 있지 않는가

_2012. 10. 13. 청송

그저 누가 뭐래도

산다는 것은 모든 면에서
정도의 문제가 아닌가하는 생각이 들 때가 있다.
너무 말이 없어도 안 되고 너무 말이 많아도 안 되고,
적당히 밝은 것은 좋지만
지나치게 밝으면 어딘가 모자라 보인다.
조금의 어두움은 분위기로 승화될 수 있지만
지나친 어두움은 우울함으로 치부된다.
적당히 깨끗해야 깔끔한 것이고
과한 깨끗함은 결벽증이라 일컬어지고,
욕심도 조금이라면 의욕적으로 보이지만
너무 없거나 지나치면 나태한 사람이나 욕심쟁이가 된다.

아이들 장난 같은 이런 말들이
어린 시절부터 정답 찾기를 좋아하던 나를
아주 오랫동안 의아하고 혼란스럽게 했던 것 같다.
그렇다고 모든 것에 적당함을 찾으려고 하면
개성이 없다는 말을 듣게 된다.
또 상황마다 다르게 변신하면 일관성이 없는 사람이 된다.

그럼 이제 방법은 하나밖에 남지 않았다.

그냥 바로 나.
그렇게 살아온 나.
그저 누가 뭐래도 '나'인 것이다.

_2014.09.10. 금오산 자연환경연수원

하나가 돋보이기 위해서는

눈에 보이는 대부분의 것들은 상대적이다.
하나가 돋보인다면
다른 것은 잘 보이지 않을 것이고,
또 다른 하나가 돋보이려면
나머지 것들은 묻히기 마련이다.

돋보일 것인지, 묻힐 것인지,
도드라질 것인지, 숨겨질 것인지는
분명 선택과 상황에 따라 달라지겠지만

돋보이는 것에는 배려라는 미덕이,
묻히는 것에는 용기라는 미덕이
필요하다.

_ 2014. 12. 23. 캄보디아 실크팜

오늘도 길을 찾는 중

새로운 장소에 약속이 생긴 날이면 마음을 편안히 먹고 집을 나선다. 단번에 도착하는 경우는 거의 없다. 평소 알고 있는 길보다 모르는 길이라면 20~30분 미리 나서야 약속장소에 시간 안에 도착할 수 있는 나는 분명 길치이다. 언제나처럼 비틀비틀 차신변경을 다섯 번쯤하고 유턴을 두 번쯤하고, 가끔 모르는 골목길에 차를 세우고 네비게이션을 몇 번 다시 검색한 후 전화를 두 통정도 하고 나서야 목적지에 도착하는 것이 일반적이다. 그래서 자주 만나는 몇몇 사람들은 나를 위해 주소에 전화번호에 약도까지 미리 다 알려준다. 그래도 헤매는 시간이 그리 줄어드는 것 같진 않다. 약속 때마다 이러는 나를 보고 친한 언니는 "그런데 너, 집은 잘 찾아가니?" 하고 농담을 던지곤 한다.

이미 나의 길눈에 대해선 포기한지 오래이다. 중학교 땐 친구와 한 시간 거리의 시내에 갔다가 돌아오는 길에 집과 반대편에 있는 버스 종점까지 간 적이 있다. 두 길치의 만남이 빛을 발하던 날. 우린 분명 정확히 번호를 확인하고 집으로 오는 버스를 탔는데 아무리 가도 익숙한 길이 나오지 않아서 의아해 하던 즈음 버스가 반대편 종점에 도착했다는 것을 알게 되었다. 그 때부터였다. 내가 길치에 방향치라는 사실을 알게 된 것이. 혼자 하는 여행에 자신이 없어진 것도 그때쯤부터였을 것이다. 네비게이션이 없던 시절에는 처음 가는 장소라면 가기 전날 지도를

달달 외우다시피 하고 가곤 했었다. 오히려 그 때가 네비게이션만 믿고 다니는 요즘보다 덜 헤맸던 것 같기도 하다. 미리 모든 것을 예상하고 만반의 준비를 했었기 때문이다.

그렇게 어릴 때부터 길눈이 어둡다는 것은 이미 알고 있었으니 어른이 된 지금도 길을 못 찾는 것에 대한 조바심은 내지 않는다. 길 위에서 버리는 시간들에 늘 초조해하고 실망한다면 그 스트레스가 어마어마할지도 모른다. 하지만 그나마 마음이 편할 수 있는 것은 그 부분에서만큼은 내게 여유를 주고 싶은 나에 대한 배려 같은 것이 맘속에 있기 때문이다.

그런 나임에도 불구하고 지금의 나는 여행이 좋다. 옆에 누군가가 있다면 더 좋겠지만 혼자이더라도 혹은 낯선 곳으로의 여행이더라도 좋다. 이 길이 아니면 다시 돌아서 가면되고, 그렇게 갔는데도 또 아니면 쉬었다 가면되고, 가다가 보면 꼭 본래의 목적지가 아니어도 더 반갑고 아름다운 곳을 만나기도 한다. 그렇기 때문에 또 떠나고 또 마주치고 싶다.

가끔은 세상을 살아가는 것도 길치의 여행과 마찬가지라는 생각이 든다. 우리는 늘 지금 내가 가고 있는 길이 맞는 길인지 틀린 길인지, 돌아가는 길인지 가까운 길인지 끊임없이 고민하고 걱정한다. 그 길이 맞는 것 같아서, 맞을 것이라 기대하고 가지만 틀린 길이기 일쑤이다. 길을 찾지 못할 때 마다, 잘못된 길을 들어섰다는 걸 깨달을 때마다 자책하고 후회한다면 살아간다는 것이 마냥 기쁨일 수 없을 것이다. 다른 길에 들어서 조금 시간을 허비하게 되더라도, 목적지를 찾지 못하더라도, 내가 지금 가는 길의 과정이 즐거움이었으면 좋겠다. 내가 걸어온 길이 멋진 길이었다고 말할 수 있었으면 좋겠다. 용기 있는 사람이라면 이 길도 저 길도 끊임없이 부딪쳐 보고 그 경험으로 더 좋은 길을 찾아갈 것이다. 길을 찾는 것을 일찌감치 포기하고 제자리로 가거나 남이 도와주기만을 기다리는 겁쟁이 길치는 싫다. 아무쪼록 어떤 길이든 마주쳐 헤쳐 나가는 용기 있는 길치로 살아갈 수 있기를 바래본다.

014.04.12. 통영 동피랑 벽화마을
014.01.01. 군산 철길마을

그림자가 길어지면

그림자가 길어지면
햇살아래 모든 것들의 경계가 부드러워진다.
황금빛을 등에 업고 반짝이는 미소들을 보인다.

제 모습을 다 드러내지 않아도 되는,
눈부심에 얼굴을 가리지 않아도 되는 시간.
어딘가에 기대어 앉아 상념에 젖고 싶은,
누군가를 만나러 달음질해 가고 싶은 시간.
뜨겁지도 차갑지도 않은 것들과
도란도란 이야기 나누고 싶은 시간.
따뜻한 어루만짐이어도, 깊은 그리움이어도 좋을 시간.

그림자가 길어지면
구름아래 모든 것들의 손짓이 여유로워진다.
서두르지 말라고, 괜찮다고 사람들에게 말한다.

_ 2014. 10. 12. 서울 삼청동

내 부족함을 알면

내 부족함을 알면
세상에 이해 못할 일이 적어지고
내 이기심을 알면
세상에 고마운 일들이 많아진다.

세상만물의 눈과 마음이 다르듯
아픈 일은 그저 그러려니.
감사한 일은 가슴에 꼭꼭 새기다 보면
화가 나는 일도 줄어들게 될 것이다.

_ 2013.10.26. 상주 맥문동 군락지

완벽한 것이 아름다운 것이라는 전제를 가지고 있는 것 같군요
사람이 완벽하다는 것은 결코 좋은 것이 아니란 생각이예요

_ 2012. 06. 23. 구미 원호 카페 '핸즈커피'

어느 짧은 토론

A: 왜 사람은 완벽해질 수 없는 것일까요? 왜 사람은 처음부터 완벽하지 않게 태어났을까요?

B: 그건 완벽한 것이 아름다운 것이라는 전제를 가지고 있는 것 같군요. 사람이 완벽하다는 것은 결코 좋은 것이 아니란 생각이에요.

A: …….

C: 그럼 B 당신은 완벽해지고 싶지 않나요?

B: …….

가끔은 모자람 투성이의 내가 원망스러운 날.
C의 질문이 위로가 되는 어느 날.

가장 편안한 시간

아침 일찍 출근해서 하루 종일 일이 몰아친 날, 퇴근길 결려오는 어깨를 주무르며 운전석에 몸을 늘어뜨리고 앉는다. 그리고 출근길에 듣다가 만 노래가 흘러나오면 눈을 감는다. 하루 중 가장 편안한 시간이다. 조용한 차 안에서 음악이 흐르면 잠시 전까지 살던 그 세상과는 다른 세상에 온 듯 마음이 가볍다. 스트레스가 서서히 날아간다. 어떤 날엔 이 짧은 시간을 위하여 하루를 사는 것이 아닌가 하는 생각이 들 때도 있다.

사람들에게 가장 행복할 때가 언제인지를 물어본 사람의 이야기를 들은 적이 있다. 성인들에게 언제가 가장 행복하냐고 물어봤더니, 예상외로 많은 사람들이 하루 종일 실컷 웃고 떠들며 하고 싶었던 것을 하고 놀았을 때, 맛있는 것을 먹으며 정말 보고 싶던 영화를 아무런 방해 없이 볼 때와 같은 평범한 때라고 했다고 한다. 정말 생각보다 단순한 대답이었다. 사람들은 행복에 관해서 그리 거창하게 생각하지 않는 것 같았다. 가장 큰 행복이 무언가 대단한 것을 이루었을 때가 아니라는 사실, 그것만으로 오늘 하루는 아등바등 살지 않아도 될 것만 같다.

가장 큰 행복이
무언가 대단한 것을 이루었을 때가 아니라는 사실
그것만으로 오늘 하루는 아등바등 살지 않아도 될 것 만 같다

_ 2016.04.10. 구미 문성카페 '구스토'

웃으면 웃게 되는 거지

아무리 슬퍼도
웃으면 웃게 되는 거지.

다시 웃자.
그냥 웃어버리자.
긍정을 이길 수 있는 건
아무 것도 없다.

다시 웃자 그냥 웃어버리자
긍정을 이길 수 있는 건 아무 것도 없다

_ 2015.08.04. 일본 오키나와, 2014.07.28. 하와이

빗나감

가끔, 아니 자주
그날의 목적이나 의도와 다른 사진을 담아온다.
길을 찍으러 갔다가
꽃만 찍어오거나
전통가옥을 담으러 갔다가
담벼락만 잔뜩 담아 올 때,
또 비오는 풍경을 찍으러 갔다가
카페 안에서 인물만 담고 올 때가 그렇다.

꼭 목적한 바를 이루지 못해도 좋다.
의외의 장소에서
의외의 사진들을 담고
의외의 추억을 쌓는 것,
그것이 여행의 가장 큰 매력 중의 하나가 되었다.

여행도, 사는 것도,
때론 예상한 대로 흘러가지 않는
이런 빗나감이 있어야 매력적이지 않은가?

꼭 목적한 바를 이루지 못해도 좋다
의외의 장소에서 의외의 사진들을 담고 의외의 추억을 쌓는 것
그것이 여행의 가장 큰 매력 중의 하나가 되었다

_ 2015.04.26. 서대구 연산홍 군락지 주변
_ 2014.07.12. 충북 보은 임한리

행복을 찾는 아이

놀기 좋아하던 한 아이가 있었다.
어릴 땐 친구들과 산으로 들로 강가로 놀러 다니는 것이
가장 행복하고 즐거운 일인 줄 알았다.
그런데 시간이 흘러
똑똑한 친구를 보면서, 부자인 친구를 보면서,
능력 있는 친구를 보면서
자신이 점점 작아 보이기 시작했다.
그래서 그 아이는 더 이상 자신을 사랑하지 않게 되었다.

어른이 되면서 아이는 그래서 스스로를 사랑하기 위해
남들처럼 똑똑해지려고, 부자가 되려고,
능력 있는 사람이 되려고 노력했다.
하지만 아무리 노력해도 다시 옛날처럼 행복해지지도,
스스로를 사랑하게 되지도 않았다.
남이 사는 대로 따라 사는 것은
결국 내 행복이 아님을 알게 되었다.
그 아이의 가장 큰 실수는
어린 시절, 있는 그대로의 자신을 들여다보지 않은 것이다.
본래의 자신의 모습을 사랑하지 않은 것이다.
행복이란 나의 보이는 모습에서 오는 게 아니라
나를 사랑하는 데서 온다는 것을 모르고 있었던 것이다.

행복이란 나의 보이는 모습에서 오는 게 아니라
나를 사랑하는 데서 온다는 것을 모르고 있었던 것이다

_ 2014. 09. 14. 아미미술관

선물

오늘도 별 노력 없이
어여쁜 꽃들을 내 카메라에 담아왔고
그리 힘들이지 않고
해맑게 뛰어노는 아이들의 모습을 필름에 담을 수 있었다.

내가 본 것과
내가 담은 것과
내 주위의 것들에
더 관심을 가지고
더 깊이 생각하고
더 고마움을 느끼게 되는 것,
그 것이 사진의 매력이 아닐까?

볼 수 있음과
느낄 수 있음은
사람이 태어나면서 받은
가장 큰 선물이다.

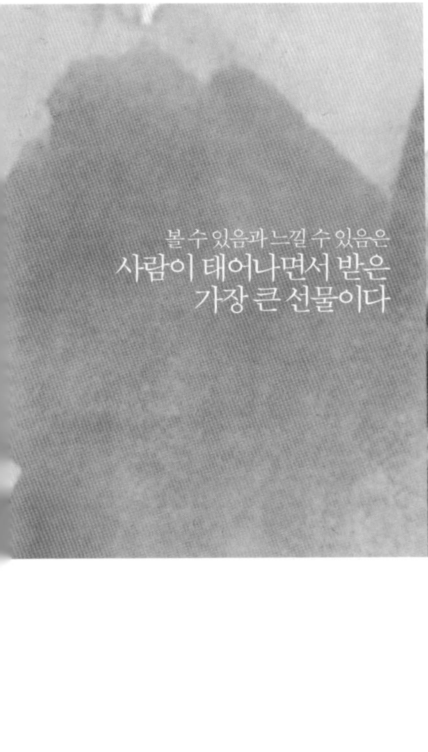

_ 2016.05.16. 구미 봉곡

그럼 이제 당신은

마르고 앙상한 가지에서
연두 잎이 돋아나는 봄의 기쁨을 아는가?
나를 향해 달려오는 아이의 웃음이
세상에서 가장 아름답다는 것을 아는가?
그리움에 가슴이 메여
글이 절로 써지는 날들을 아는가?
무엇이든 하지 않으면 견딜 수 없는
그 무너지는 상실감을 아는가?
그렇게 싫어하고 미워하던 사람보다
더 미운 나를 발견한 날의 부끄러움을 아는가?
아무리 못나고 부족해 보이는 사람이라도
내 곁을 지켜주는 이의 고마움을 아는가?

그럼 이제 당신은
누군가의 친구가 되어도 좋다.
누군가의 사랑이 되어도 좋다.

그럼 이제 당신은 누군가의 친구가 되어도 좋다

누군가의 사랑이 되어도 좋다

_ 2015.05.05. 제주 비자림

_2013.08.26. 샛강 생태습

_2015.03.07. 아산 지중해마을 한 카페

사진 한 장의 메시지와 글 한 줄의 힘을 믿는다
그 두 가지가 만났을 때 주는 힐링의 힘을 믿고 싶다